CRECER

JUGANDO

ISLAS DE RELAJACIÓN

ANDREA ERKERT

Ilustraciones de Yvonne Hoppe-Engbring

77 juegos llenos de fantasía para relajar
a los niños y potenciar su creatividad

ONIRO

Título original: *Inseln der Entspannung*
Publicado en alemán por Ökotopia Verlag, Münster

Traducción de Marta Pascual

Diseño de cubierta: Valerio Viano
Ilustración de cubierta e interiores: Yvonne Hoppe-Engbring

Distribución exclusiva:
Ediciones Paidós Ibérica, S.A.
Mariano Cubí 92 - 08021 Barcelona - España
Editorial Paidós, S.A.I.C.F.
Defensa 599 - 1065 Buenos Aires - Argentina
Editorial Paidós Mexicana, S.A.
Rubén Darío 118, col. Moderna - 03510 México D.F. - México

© 1998 Ökotopia Verlag, Münster

© 2001 exclusivo de todas las ediciones en lengua española:
Ediciones Oniro, S.A.
Muntaner 261, 3.º 2.ª - 08021 Barcelona - España
(oniro@edicionesoniro.com - www.edicionesoniro.com)

ISBN: 84-95456-83-4
Depósito legal: B-33.662-2001

Impreso en Hurope, S.L.
Lima, 3 bis - 08030 Barcelona

Impreso en España - *Printed in Spain*

Contenido

Prólogo

A principios de la década de 1990 empecé a dedicarme al tema de relajación para niños en edad preescolar y en cursos de educación infantil. Muy pronto resultó evidente la gran necesidad tanto de padres como de pedagogos de ampliar sus conocimientos en este ámbito. Como respuesta a esta carencia surgió la idea del libro titulado *Kreative Entspannung im Kindergarten*, publicado en la primera mitad de 1993 y elaborado en colaboración con los psicólogos Volker Friebel y Sabine Friedrich. En los últimos años, el interés por nuevas experiencias prácticas y sugerencias ha seguido aumentando y por eso imparto cursos adicionales de perfeccionamiento para padres y pedagogos.

Los participantes en mis seminarios dan reiterada cuenta de la tensión que sufren los niños debida a los múltiples estímulos del entorno y se lamentan de sus consecuencias: agresividad, desequilibrio, falta de concentración e incluso trastornos del sueño. Al mismo tiempo, ni los educadores ni los maestros se sienten suficientemente preparados para enfrentarse a esta situación con los conocimientos adquiridos durante su período de estudios o formación profesional.

Los ejercicios y juegos de relajación no sólo constituyen una propuesta interesante para niños «difíciles», ya que toda persona tiene necesidad de relajarse y de abrirse a experiencias intensas con todos los sentidos. Pero primero, también los adultos tenemos que aprender la capacidad de encontrar la tranquilidad y el equilibrio interior. Por eso os invito a practicar los ejercicios y juegos incluidos en el libro y a transmitir luego vuestras experiencias a los niños. Con ellos se producirán seguramente situaciones diferentes en las que experimentaréis sensaciones totalmente nuevas.

Por regla general, las propuestas presentadas en este libro se pueden llevar a cabo sencilla y rápidamente, no sólo en jardines de infancia y escuelas sino también en casa. Todos los juegos y ejercicios de relajación han sido probados a nivel práctico por educadores y maestros en jardines de infancia y guarderías, en aulas de educación especial, en hogares de infancia y también en escuelas de educación infantil y educación especial.

El libro es fruto de mi experiencia práctica como directora de un jardín de infancia que contaba con cinco grupos diferentes, y del perfeccionamiento adquirido en el ejercicio de mi actividad en un continuo intercambio de experiencias con los padres, educadores y maestros, pero sobre todo con los niños.

Por eso quiero dar las gracias principalmente a los niños del jardín de infancia Waldheim y Walksteige de la ciudad de Backnang y a los del jardín de infancia Hungerberg y Gretel-Nusser de la ciudad de Winnenden, así como a los alumnos del aula de educación especial de los cursos de educación infantil de la escuela Schiller de Backnang, y a sus padres, por la confianza que depositaron en mí. Gracias también a los responsables de todas y cada una de las instalaciones así como al señor Schielke, director de la escuela Taus, y al señor Zipperer, director de la escuela Schiller, al señor Maurer, director del departamento de educación infantil de la región de Waiblingen y a la señora Stäbler, directora del departamento superior de educación infantil de Stuttgart. Sin libertad de actuación pedagógica algunas de las experiencias no hubieran sido posibles.

También he recibido un gran apoyo del señor Rieger, director de la escuela de pedagogía social de Stuttgart. Ya durante el último año de estudios tuve la posibilidad de practicar la relajación con niños y de escribir mi trabajo de fin de curso sobre este tema. Igualmente quiero dar las gracias a todas las compañeras que durante los últimos años me han ayudado en las propuestas de relajación. Mis padres siempre creyeron en mí y por eso fueron un pilar de apoyo importante durante los estudios y en los primeros años del ejercicio de mi profesión. Mi marido revisó el manuscrito desde un punto de vista crítico y constructivo y me proporcionó la tranquilidad necesaria para trabajar.

Dedico el libro a mi marido y a todos «mis» niños con la esperanza de que encuentren a muchos adultos que les proporcionen la tranquilidad y el tiempo suficientes para poder desarrollar su propia personalidad.

Os deseo paciencia y serenidad en vuestro trato con los niños. Seguramente sabéis por experiencia propia que los progresos no pueden forzarse. Por tanto, del mismo modo que, como es de esperar, sois atentos con vosotros mismos, así debéis comportaros también con los niños. Como lema para vuestras propias propuestas de juegos y ejercicios de relajación quizá podríais adoptar el bello poema de Paula Modersohn-Becker que dice:

No intentes
saltarte peldaños.
Quien tiene un largo camino ante sí
no corre.

El día a día del niño

Actualmente, la vida cotidiana de los niños está marcada por un aluvión constante de estímulos. Sin embargo, las experiencias que muchos niños viven a través de la televisión sólo son indirectas; el concepto de «realidad virtual» describe una situación que se relaciona más con un niño jugando frente al ordenador y mirando embobado las series triviales de la televisión que con un niño jugando al aire libre en el campo o construyendo un castillo de arena totalmente ensimismado.

En nuestra sociedad los niños tienen muy pocas posibilidades de ponerse a prueba, de descubrir sus propios límites o de medir sus fuerzas en un ambiente lúdico.

No obstante, los niños en edad preescolar y en cursos de educación infantil perciben su entorno de forma global y quieren experimentarlo con todos los sentidos. Mediante el oído, la vista, el olfato, el gusto y el tacto van descubriendo su mundo y elaboran sus sensaciones de una forma fácil y divertida.

El ambiente en el que la mayoría de los niños crecen hoy en día les ofrece, en efecto, pocas posibilidades de jugar tranquilamente empleando toda su imaginación. Los niños de ciudad, en particular, carecen de espacios al aire libre y de oportunidades para jugar. Por ejemplo, los períodos de descanso reglamentarios en zonas residenciales, las tediosas zonas de juego de los parques o una habitación repleta de juguetes prefabricados impiden el desarrollo de actividades espontáneas y creativas.

En esta situación, tanto los jardines de infancia, guarderías y hogares infantiles como también las escuelas desempeñan una importante función. En estos lugares existe la posibilidad de abordar al niño y sus necesidades de forma individual y como parte de la comunidad, y de hacerle propuestas importantes para su desarrollo.

Las tensiones familiares o los conflictos no resueltos, así como los problemas materiales o un escaso dominio del lenguaje, pueden provocar que los niños reaccionen con comportamientos agresivos o dominantes, o con retraimiento.

Normalmente, las amonestaciones verbales para que el niño modifique su comportamiento sólo surten —en el mejor de los casos— un efecto breve. Por el contrario, los juegos y ejercicios de relajación son una buena ocasión para que el niño elimine la tensión de una forma fácil y divertida.

Es importante ofrecer a los niños ocasiones tanto para relajarse como para desahogarse en las que puedan desplegar su imaginación, su creatividad y su personalidad.

Exceso de estímulos y falta de tiempo

Vivimos en un mundo repleto de alboroto. Diariamente somos bombardeados con gritos e imágenes estridentes. Todos tienen miedo de que sus palabras queden ahogadas por el ruido y por eso levantan la voz y emplean un lenguaje extraño... Este mundo enfermo me indigna. Busco un mundo en el que no se pierdan los valores simples y esenciales de las personas. Mis héroes son la maleza, la hierba y las gotas de lluvia; el arbusto en el jardín del vecino o la piedra en el margen del camino. Descubramos y disfrutemos de estas pequeñas maravillas

Ferdinand Rausser

Además del exceso de estímulos, los niños de hoy en día están sometidos a una gran tensión y presión para rendir al máximo. No todas las impresiones y experiencias se asimilan siempre correctamente y por eso siguen causando efectos a nivel inconsciente. Los trastornos en el ámbito psíquico y emocional conllevan estados tensionales que pueden manifestarse en forma de excitación, agresividad, dificultades de concentración, trastornos del sueño y miedos. Si los padres o los educadores no reconocen estas señales de alarma, la tensión puede manifestarse también físicamente con dolores de cabeza, alergias, incontinencias nocturnas, trastornos intestinales...

Otro de los problemas que muchos niños tienen es una agenda de actividades demasiado ocupada. Luisa, por ejemplo, tiene natación los lunes; los martes, clases de arte; los miércoles asiste a clases de ballet; los jueves, música y los viernes, balonmano. Existe una amplia oferta de actividades de tiempo libre para niños que tienen lugar bajo la supervisión de adultos. Dado que esta oferta suele ir unida en parte a unos costes elevados, los padres ejercen aún más presión para que el niño asista con regularidad.

Sin embargo, está demostrado que los niños que disponen por cuenta propia de tiempo libre suficiente aprovechan el tiempo que pasan en el jardín de infancia o en la escuela con más intensidad, más constancia y más imaginación que los niños con una agenda de actividades repleta. Los niños con capacidad para jugar que además saben relajarse también rinden más en la escuela.

Por eso, tanto educadores y maestros como padres deberían crear las condiciones básicas que ofrezcan al niño posibilidades lúdicas y que a su vez faciliten el recogimiento. No obstante, ofrecer posibilidades lúdicas no significa «proveer» al niño de ideas. Precisamente el aburrimiento suele ser el origen de buenas ocurrencias.

Así, retirar parte de los juguetes de la habitación y reorganizar ésta constituye otra posibilidad de incitar a jugar activamente con lo que queda. Además, los niños desarrollarán una relación muy especial con los juguetes construidos por ellos mismos.

A pesar de que los niños están sometidos a un exceso de estímulos y carecen de tiempo suficiente también pueden desarrollar su propio mundo interior, lo cual contribuye a superar mejor los retos y a enfrentarse a los problemas de una forma más consciente y serena.

La tensión y cómo superarla

La vida es corta, no tanto por el poco tiempo que dura sino porque, de ese tiempo, nos quedan pocos momentos para disfrutarla.

J. J. Rousseau

Todas las personas necesitan un cierto nivel de tensión para permanecer activas y seguir viviendo. Sin embargo, si esa carga se convierte en sobrecarga porque no existen suficientes ocasiones para relajarse ni períodos de tranquilidad, el sujeto reacciona en un principio con trastornos funcionales que más adelante pueden derivar en lesiones manifiestas.

Un alumno agotado físicamente no está en disposición de concentrarse correctamente. Del mismo modo, un niño con problemas anímicos puede reaccionar físicamente, por ejemplo, con apatía, falta de apetito o agresividad.

La tensión puede tener su origen en causas muy diversas; sin embargo, las reacciones físicas a una situación de presión son claramente uniformes. Que el niño se enfade porque no obtiene un determinado juguete o porque no le permiten jugar con el grupo es indiferente; lo importante es que si tiende a expresar sus sentimientos, reaccionará cada vez con mayor irritación y sus pensamientos se concentrarán en el objeto de su enfado. El cuerpo liberará hormonas de estrés que activan el organismo en su conjunto con el objetivo de superar la tensión con la mayor rapidez posible. Por el contrario, si el niño sigue reprimiendo su enfado y las hormonas del estrés no pueden actuar, no podrá «desahogarse». Por decirlo de algún modo, las hormonas, pensamientos y sentimientos siguen estando agitados aunque el motor del cuerpo permanezca en «punto muerto», por lo que tienen consecuencias a nivel psíquico, físico y emocional. Los estados de irritación duraderos que no se hacen desaparecer pueden convertirse en hábitos (normalmente nocturnos) tales como rechinar los dientes o morderse las uñas y los labios.

Un sujeto permanentemente tenso ha perdido la capacidad de disfrutar y de relajarse; es decir, siempre se encuentra en un estado de tensión elevada que ya no puede controlar.

Las consecuencias de la tensión también se manifiestan en el lenguaje corporal. Por ejemplo, el ceño fruncido, la boca apretada, los hombros levantados, los brazos rígidos o movimientos torpes son signos de una persona incapaz de vencer los problemas. Estas señales provocan reacciones de tipo inconsciente en los demás. Por eso, los padres y pedagogos deberían intentar «responder» con su propio lenguaje corporal lo más distendidamente posible para provocar un efecto contra la rigidez en caso necesario.

Los medios para superar el estrés pueden ser muy diversos; expresar abiertamente los miedos, mostrar los sentimientos y puntos vulnerables, confesar las preocupaciones y los fracasos, admitir la tristeza, no ocultar las esperanzas y deseos, no encubrir la sensación de soledad, no reprimir la rabia, todas estas actitudes son un buen comienzo. La práctica de actividades deportivas puede ser también de gran ayuda.

El método utilizado con mayor frecuencia es sin duda alguna el dominio mental. En este sentido, la práctica del pensamiento positivo juega un papel esencial. Los niños tienen la gran habilidad de transformar las grandes dificultades en pequeñas y las pequeñas en ninguna. En el entorno escolar y a una edad

en que las cosas siempre salen mal y el día suele estar más marcado por las reprimendas que por las alabanzas, esta capacidad permite a los niños protegerse de numerosas situaciones.

Sin embargo, en los jardines de infancia y en las escuelas se distingue a primera vista que las fuertes presiones a las que están sometidos los niños hoy en día requieren de grandes esfuerzos. El escudo protector natural de los niños ya no es suficiente.

Los métodos habituales más eficaces para eliminar tensiones son las disciplinas de relajación consciente tales como la oración, la meditación, el yoga, el entrenamiento autógeno, la terapia de relajación musical y otros muchos.

El objetivo de estos métodos es lograr la posibilidad de convertir un estado de tensión en un estado de relajación en cualquier momento. Los niños aprenden con más facilidad e interés si se sienten relajados ya que en este estado pueden asimilar y recordar mejor los conocimientos aprendidos. En la elección del método de relajación debe tenerse en cuenta principalmente la fase de desarrollo del niño según la edad y sus preferencias.

La importancia de la relajación en el desarrollo infantil

En la tranquilidad reside la fuerza.
J. W. Goethe

Los niños que aprenden a relajarse durante el día viven de un modo más saludable y consciente. Desde el punto de vista psicológico, un cuerpo relajado se siente mejor; la tensión muscular se reduce, la actividad cerebral cambia del estado de alerta habitual a frecuencias inferiores y la presión sanguínea disminuye.

Las personas que saben relajarse dirigen su atención hacia el interior y eliminan la tensión y la presión. La respiración se vuelve más profunda y se crea un estado de vigilancia interna.

Los adultos que ya hayan tenido experiencias favorables mediante métodos de relajación pueden transmitirlas a los niños adecuándolas a su edad. Como todos los adultos, los niños viven en un mundo que ofrece escasas ocasiones para la tranquilidad y la reflexión. Sin embargo, a diferencia de los adultos, los niños se encuentran en una fase de aprendizaje que se caracteriza por su elevada capacidad de asimilación. Tal disposición resulta por un lado en un enorme rendimiento a la hora de aprender, pero por otro, en una profunda penetración de estímulos externos que no siempre pueden ser asimilados. En estos casos las consecuencias son nerviosismo, miedos, falta de concentración, trastornos del sueño...

Los ejercicios de relajación pueden evitar que dichas consecuencias negativas afecten al niño. Además del claro incremento de la capacidad de rendimiento, la riqueza de ideas, la fantasía y la creatividad también se refuerza el sistema inmunitario.

Los niños relajados sufren menos enfermedades. Los juegos de relajación y viajes imaginarios fomentan la capacidad de imaginación y concentración. Los masajes y ejercicios corporales eliminan tensiones musculares, facilitando así una mejor actitud corporal y una actividad respiratoria óptima. Los niños que saben relajarse aprenden a su vez de una forma más relajada. Si el niño descubre las ventajas y posibilidades de las técnicas de relajación en la infancia, cuando sea adulto podrá recurrir a ellas y enfrentarse mejor y más resueltamente a problemas tales como la presión laboral, el exceso de compromisos o los miedos.

El cuerpo, la mente, el espíritu y el entorno social como una unidad

El estado de un individuo se manifiesta en sus síntomas corporales. Asimismo, los sentimientos se expresan a través de los gestos y la mímica. Un sujeto pesimista que interiormente adopte una posición del tipo «no sirve de nada» reflejará en su actitud la inutilidad de sus intenciones.

Es probable que su postura corporal sea decaída, que presente una expresión facial cansada o reservada y que en sus ojos se perciba decepción; todo el individuo en sí da la impresión de ser una persona débil y poco decidida. En cualquier caso, el efecto que causará en los demás será negativo. Todos hemos sufrido alguna fase pasajera en la que hemos tenido que superar alguna dificultad y, por tanto, todos conocemos este estado. Sin embargo, la actitud fundamentalmente positiva propia de un sujeto optimista le ayuda en el proceso de superación. Además, la impresión que irradia también in-

fluirá positivamente en su entorno. El cuerpo bien derecho, la mirada abierta, los hombros hacia atrás y el paso decidido envían señales muy diferentes. El sujeto optimista es capaz de enfrentarse mejor a los problemas, se relaciona más fácilmente con sus semejantes y consigue sus objetivos de un modo más sencillo y más rápido.

El péndulo

Material: un lápiz, un anillo o una llave y una hebra de hilo de aproximadamente 60-70 cm de longitud.
Edad: a partir de 5 años.

El experimento siguiente sirve para demostrar que la mente puede dirigir el cuerpo.

En un extremo del hilo hacemos un lazo, pasamos el lápiz a través de él, cerramos el lazo fuerte con un nudo y lo colocamos en el centro del lápiz. Al otro extremo del hilo atamos la llave o el anillo asegurándonos que queda bien fijo.

A continuación sostenemos suavemente el lápiz por las puntas con ambas manos de modo que el objeto quede colgando sobre el suelo sin moverse.

Con los ojos abiertos, o mejor aún si están cerrados, imaginaremos que el péndulo oscila a un lado y a otro como el de un reloj antiguo. Cuando el péndulo empiece a oscilar claramente, cambiaremos la imagen de nuestra mente por la de un movimiento circular. Podemos ayudarnos con imágenes concretas, por ejemplo, las agujas de un reloj o una peonza en movimiento. El péndulo se moverá en función de cada una de las imágenes.

Lo que ocurre es que los pensamientos se transmiten a las manos. Los leves movimientos vibratorios de las manos, siempre presentes, se convierten imperceptiblemente en impulsos mediante la imagen mental de movimiento. Dichos impulsos colocan al objeto en claro movimiento y de este modo queda efectuada la demostración de que la mente, nuestras ideas y pensamientos se transforman en movimiento a través del cuerpo. Efectivamente, la mente puede influir en el cuerpo.

Este experimento causa gran diversión tanto en alumnos como en adultos.

A los niños, sobre todo, les gusta hacer preguntas al péndulo asociando un determinado movimiento con una respuesta afirmativa y otro con una negativa. Naturalmente sólo se trata de un juego y no tiene nada que ver con el ocultismo o la magia.

Movimiento y relajación

Los juegos de relajación son una buena opción para corresponder equitativamente a las necesidades cambiantes de movimiento y de relajación de los niños en edad preescolar y en cursos de educación infantil.

Un sujeto sano que siempre mantiene su cuerpo en estado de distensión se vuelve perezoso y apático. Por otro lado, un sujeto que mantiene una actividad frenética permanente parece intranquilo, poco concentrado y nervioso. Una condición primordial para una vida sana es el equilibrio entre movimiento y reposo. Para que los niños puedan relajarse, sus necesidades infantiles de movimiento deben satisfacerse mediante juegos y actividades adecuadas a su edad. Las propuestas que implican actividad y movimiento alborozado pueden servir para desahogar malestares, rabia o agresividad, en definitiva, para «darse un respiro». Hábitos

manifiestos tales como no poder permanecer quieto encima de la silla están estrechamente relacionados con la agitación interior del niño. Por ese motivo, la base de toda educación elemental debería estar constituida por actividades de movimiento relacionadas con el lenguaje, el canto, la música y el baile.

Las vivencias de tranquilidad ayudan al niño a controlar el exceso de estímulos y a conectar mejor con su interior. Muchos niños desconocen la satisfacción que produce encontrar una piedra, cogerla con las manos y sentir la sensación de su superficie al tacto, o ni siquiera han contemplado nunca atentamente la fascinante estructura de una hoja de árbol; sin embargo, enseguida se implican en estas nuevas experiencias con entusiasmo.

Juegos de relajación en el jardín de infancia, en la escuela y en el hogar

Decía un maestro zen japonés:

–¿Os habéis fijado en que las piedras del camino están limpias y brillantes después de llover? ¡Son verdaderas obras de arte! ¿Y las flores? No existen palabras para describirlas. Uno sólo es capaz de dejar escapar un «¡oh!» de admiración. Es preciso entender el «¡oh!» de las cosas. ¿Y quiénes son capaces todavía de entender el «¡oh!» de las cosas? Pues los niños, que dejan escapar sorprendidos un «¡oh!» frente a cada nuevo objeto aumentando con asombro su conocimiento y experiencia del mundo. ¡Cuán maravilloso y mágico es este asombro de los niños!

Wladimir Lindenberg

Los educadores de los jardines de infancia y hogares infantiles tienen la posibilidad de adecuar el programa cotidiano a los deseos espontáneos de los niños valiéndose de situaciones extraídas de vivencias infantiles. De este modo los pedagogos pueden adaptarse rápidamente a los acontecimientos. El juego voluntario es la opción principal y las actividades que surgen a partir de él se vinculan a propuestas destinadas a obtener objetivos concretos. Los juegos espontáneos proporcionan posibilidades inagotables de satisfacer las necesidades de movimiento y reposo. Otras iniciativas tales como organizar juegos de relajación en corro, en el jardín, o en un día de excursión al campo crean nuevos alicientes en el día a día infantil y pasan a formar parte del programa habitual.

En el marco escolar, los horarios y el cumplimiento del plan educativo marcan unos límites muy ajustados. A pesar de ello, también en la escuela existen posibilidades de introducir actividades de movimiento y relajación que no se reducen únicamente a la hora del patio o a las clases de gimnasia. Muchos de los juegos que se incluyen en este libro pueden ponerse en práctica sobre todo en las horas libres de estudio de que disponen los alumnos de los primeros cursos.

Conscientes pues de la necesidad de aprender a relajarse que tienen los niños en edad preescolar y en cursos de educación infantil, los jardines de infancia y escuelas asumen la peculiar tarea de crear espacios de relajación, además de integrar los juegos de relajación en la programación escolar y de concienciar a los padres de la necesidad de que los niños aprendan a relajarse a esa temprana edad.

También en casa, padres, hermanos y amigos pueden practicar juntos los juegos de relajación. Esto resultará un cambio agradable para los niños que suelen hacer sus deberes con desgana. Sin embargo, conviene recordar que no se debe forzar al niño a jugar. Los juegos sólo resultan divertidos si el ambiente es a su vez relajado y los participantes están motivados.

Objetivos de los juegos de relajación

El objetivo principal es la concepción de una educación integral del niño. En la consecución de este objetivo los jardines de infancia y hogares infantiles tienen una ventaja frente a las escuelas ya que, en estas últimas, los contenidos específicos de cada materia ostentan el primer plano. Los maestros deben atenerse a un plan educativo que deja muy poco margen para el aprendizaje a partir de situaciones concretas.

Por otra parte, los jardines de infancia acogen exclusivamente a niños en edades comprendidas entre 0 y 3 años y, por eso, el establecimiento de objetivos en estas instituciones debe tener en consideración el comportamiento específico de la edad. Desde el punto de vista de una educación integral infantil los objetivos para los juegos de relajación serían los siguientes:

- educar la percepción a través de la experiencia sensorial;

- desarrollar la imaginación y la creatividad;

- fomentar la constancia y la concentración;

- sentir, conocer y aceptar el cuerpo de una forma consciente;

- aprender a desahogarse, alborozarse y relajarse en espacios extremadamente reducidos;

- adquirir confianza en las facultades motrices;

- favorecer los movimientos finos y toscos;

- confrontarse con el entorno espacial y objetivo;

- fomentar la disposición a aprender;

- desarrollar la autoestima y el sentimiento de comunidad;

- fomentar las capacidades sociales y la comunicación;

- asimilar las vivencias a través de la tranquilidad;

- contrarrestar la tensión por el exceso de actividades y la presión para rendir mediante la facultad de desconectar;

- reforzar el sistema inmunitario;

- eliminar la rigidez corporal y educar la posición;

- favorecer una actividad respiratoria óptima;

- velar por la salud;

- lograr un equilibrio interior entre movimiento y relajación.

La lista de objetivos no tiene que ser definitiva; al contrario, es recomendable revisarla en función del grupo al que va dirigida y su nivel de desarrollo. Los niños en edad preescolar y en cursos de educación infantil se distinguen por el alto grado de espontaneidad, sinceridad, alegría y curiosidad con que se implican en nuevas actividades y experiencias. En este contexto se puede apreciar la especial capacidad de aprendizaje y la rápida evolución del niño.

El papel de los adultos

Los niños se identifican con sus personas de referencia y a menudo tienden a imitar su comportamiento. Tanto los educadores y maestros como los padres, personas con las que el niño está en contacto permanente, representan siempre un modelo de comportamiento.

Así pues, es importante que éstos, en su calidad de adultos, mantengan una actitud positiva hacia las propuestas lúdicas. Los adultos que poseen tranquilidad y equilibrio interior transmitirán estas facultades al niño que tienen bajo su tutela. En ningún caso deben adoptar un papel dominante; basta con que participen sin más cuando los niños se lo pidan. Pero incluso entonces siguen siendo responsables de todo el proceso. Igual que hacen con juegos de otro tipo, también en este caso deben observar el transcurso del juego y decidir si intervienen en los posibles conflictos (o se mantienen al margen) y si moderan a los niños dominantes o animan a los más recatados.

Cuando algún niño no participa en el juego de relajación no significa que no quiera hacerlo. Normalmente sólo necesita más tiempo para familiarizarse con el juego.

Posiciones de relajación

Posición horizontal

Material: colchoneta aislante o manta y cojines.
Edad: a partir de 4 años.

La posición horizontal es la que los niños encuentran más cómoda a la hora de relajarse ya que se corresponde con sus necesidades naturales.

Echados boca arriba, los niños estiran las piernas de forma que los tobillos toquen el suelo y dejan los pies en reposo a derecha e izquierda. El que quiera puede quitarse los zapatos antes de empezar.

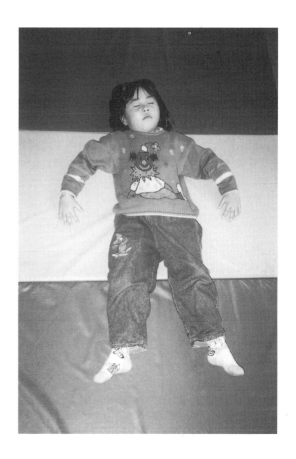

Los brazos se colocan en reposo junto al tronco, ligeramente doblados. Las manos tocan el suelo con el dorso o el reverso. Este ejercicio se puede realizar con los ojos cerrados.

Una colchoneta aislante o una manta y un cojín para la cabeza facilitan y aumentan la sensación de relajación.

Posición del rey

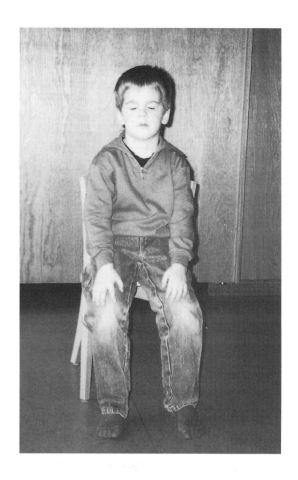

Material: sillas.
Edad: a partir de 4 años.

Esta posición se puede practicar formando un corro con las sillas o con los niños sentados en su lugar habitual en el aula. Por eso resulta especialmente adecuada para ejercicios de relajación.

Los niños cierran los ojos y se imaginan a un rey o una reina sentados en el trono. El rey y la reina guardan una postura majestuosa y, por tanto, están bien erguidos. Las manos reposan sobre los muslos ligeramente separados; éstos no deberán rozarse entre sí. Los pies se colocan con la planta y el talón en contacto con el suelo.

A los niños les gusta mucho la posición del rey y la aprenden enseguida.

Posición sedente distendida

Material: silla.
Edad: a partir de 4 años.

En esta posición, que en entrenamiento autógeno se conoce con el nombre de «posición del cochero», los niños se sientan en la mitad anterior del asiento con las piernas ligeramente dobladas. Los muslos deben separarse de modo que no se rocen entre sí. Los pies se colocan sobre el suelo.

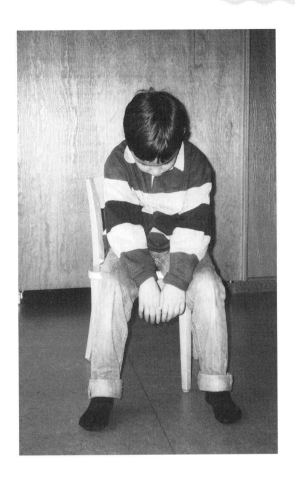

Los antebrazos y las manos descansan sobre los muslos, se inclina el tronco hacia delante de forma distendida y se deja colgar la cabeza hacia abajo relajadamente. En esta posición el tronco y la cabeza se encuentran en un equilibrio lábil.

Esta posición se consigue con facilidad si primero el niño se sienta erguido en la silla y luego se repliega ligeramente sobre sí mismo.

La posición sedente distendida resulta especialmente adecuada para ejercicios en silencio y se puede realizar con los ojos cerrados.

Posición sedente reclinada

Material: silla o butaca con reposacabezas y, a ser posible, con reposabrazos.
Edad: a partir de 4 años.

La posición sedente reclinada se realiza en una silla o butaca con reposacabezas. Si la silla dispone de reposabrazos se apoyarán los antebrazos encima; en caso contrario, se dejan descansando sobre los muslos. Se colocan las piernas separadas y las plantas de los pies en contacto con el suelo.

Esta posición resulta especialmente adecuada para la realización de ejercicios en el hogar. Además no requiere demasiada práctica ya que los niños están familiarizados con ella.

Es preferible mantener los ojos cerrados. Si el niño no quiere cerrarlos, se busca un punto neutral en la habitación para fijar la vista, pero debemos asegurarnos que los niños no se distraigan unos a otros durante el ejercicio.

«Regresar» del estado de relajación

Al finalizar el ejercicio «regresamos» del estado de relajación. Para ello apretamos con fuerza las manos en un puño y estiramos los brazos.

Los niños se levantan poco a poco, respiran profundamente y estiran todo el cuerpo mientras pronuncian una frase previamente indicada por el adulto como por ejemplo: «Me siento relajado y despierto, ¡relajado y despierto!».

Marco exterior para juegos de relajación

El marco exterior para los juegos de relajación se puede preparar con antelación. El espacio previsto como lugar de realización de los ejercicios debería tener las siguientes características:

- estar preservado, en la medida de lo posible, de influencias externas molestas como los ruidos de la calle;

- transmitir un atmósfera agradable; es conveniente que no haya demasiados dibujos ni trabajos manuales colgados de las paredes;

- tener una ventana grande con vistas al exterior que facilite la amplitud de ideas y fantasías de los niños;

- ser un punto de referencia para los niños con el que previamente se habrán familiarizado, por ejemplo, decorándolo ellos mismos con plantas;

- disponer de una iluminación óptima, ni demasiado iluminado, ni demasiado oscuro;

- disponer de cortinas o persianas para protegerse de la intensa luz solar;

- mantener una temperatura agradable;

- poseer buena ventilación.

Antes de cerrar las ventanas el espacio debería estar bien ventilado. El ruido procedente de la calle o de los grupos o clases contiguas sólo se puede evitar hasta cierto punto. Una posibilidad es acordar períodos de silencio generales con el resto de compañeros durante los que puedan realizarse los ejercicios sin molestias.

El grupo

El grupo ideal para la práctica de juegos de relajación, que normalmente duran de dos a diez minutos, se compone de ocho a diez niños.

Los grupos de mañana de los jardines de infancia suelen estar formados por 28 niños o más y el grueso de una clase escolar puede llegar a ser de 32 alumnos. Naturalmente, en estos casos resulta adecuado partir el grupo o la clase. Quizá encontréis padres interesados en ayudar a dirigir los ejercicios de relajación en algunas ocasiones.

De todos modos, la composición del grupo es más importante que su tamaño. En este sentido, las escuelas presentan la ventaja de que la mayor parte de niños de una clase tienen la misma edad, mientras que en los jardines de infancia la gran diversidad de edades puede conllevar problemas adicionales. Por esta razón, los centros de tutela extraescolares deberán tener en consideración las características propias de la edad además de las estrictamente personales. La composición del grupo siempre reviste una importancia primordial, y cuando ésta no es la adecuada, en muchos casos resulta deseable disgregar el grupo.

También debe considerarse cuidadosamente el número de niños inquietos que soporta el grupo. Demasiados niños con una alta necesidad de movimiento pueden hacer peligrar el éxito de los ejercicios.

Los niños que estorban durante la realización de los juegos de relajación no deben ser excluidos del grupo inmediatamente. Una táctica que suele dar resultado es sentarse junto al niño durante

el juego y tocarle con la mano o incluso acariciarle suavemente.

Cuando se trata de interrupciones ocasionales es mejor pasarlas por alto.

Con niños muy inquietos siempre es mejor recurrir a los juegos de relajación más cortos como los ejercicios de silencio en corro.

Cuando un niño se niega a participar en el juego, quizá se deba a que se ha peleado con otro niño. Si así es, permitiremos al niño que se quede como espectador. De todos modos siempre es bueno preguntar al niño acerca de sus motivos.

Es especialmente importante tener en cuenta el diferente grado de concentración y constancia según la edad. En niños de tres a cuatro años los ejercicios de reposo y movimiento cortos son más adecuados para proporcionar experiencias de relajación.

El niño en el hogar

Si los juegos de relajación se practican en casa, los adultos pueden dejarse guiar por los niños con la condición de que jueguen en una habitación en la que el niño pueda estar tranquilo; jugar a relajarse en un cómodo sofá resulta especialmente divertido.

Los juegos diseñados para grupos se pueden aplicar directamente a un solo niño. No obstante, en muchas ocasiones se puede animar a los hermanos mayores y amigos a participar en el juego.

Los juegos de relajación practicados en casa, antes, y quizá también mientras se hacen los deberes, son una fuente de energía para el niño. Asimismo se pueden incluir en fiestas familiares y cumpleaños. Precisamente en días festivos como Nochebuena los niños están excitados y tensos. En estas ocasiones los juegos son especialmente útiles porque permiten alcanzar un estado de equilibrio interior.

Muchos padres han cosechado buenos resultados practicando los juegos de relajación antes de que el niño se vaya a la cama. De este modo el cuerpo y la mente del niño entran lentamente en un estado de relajación.

Juegos de relajación para entablar conocimiento

Los juegos de relajación para entablar conocimiento facilitan la integración en el grupo o la clase de los niños recién llegados a la institución. Al tener que jugar todos juntos enseguida se crea un ambiente distendido y de este modo se eliminan los miedos y temores ante situaciones desconocidas. Los niños nuevos se familiarizan con los demás niños y con la educadora o el maestro con más rapidez. Sin embargo, la condición principal para que esta táctica resulte efectiva es que los juegos y el espacio escogidos correspondan a la edad y al grado de evolución de los niños. De hecho, los datos referentes a la edad son sólo orientativos. Nadie mejor que vosotros mismos sabrá si podéis proponer a vuestro grupo o clase, o a vuestro hijo en casa, juegos de relajación previstos para niños más mayores.

El juego de las sillas

Material: una silla menos que el número total de niños.
Edad: a partir de 3 años.

Los niños se reparten en dos grupos iguales y se sientan unos frente a otros en la posición del rey con los ojos abiertos. Uno de los niños no tiene silla y se queda derecho en el medio. Éste se presenta primero a los jugadores y luego dice: «Un, dos, tres, ¡cambiar de sitio!». Acto seguido todos los niños tienen que dejar su sitio y buscar una silla del otro grupo. El niño del centro también intentará encontrar una silla. El niño que no consiga sentarse será quien se quede ahora en el medio y el juego volverá a empezar desde el principio.

El juego de las frutas

Material: una silla menos que el número total de niños.
Edad: a partir de 4 años.

Todos los niños excepto uno forman un corro con las sillas y se sientan en la posición del rey con los ojos abiertos. Cada niño, incluso el que está en el centro, recibe alternadamente el nombre de una fruta, por ejemplo «manzana» o «pera».

A continuación, el niño que está derecho en el centro se presenta a los demás y luego dice el nombre de una de las dos frutas asignadas. Según el nombre que pronuncie, todas las «manzanas» o todas las «peras» deberán levantarse de sus sillas y cambiar de sitio. En ese intervalo, el niño del medio intentará también encontrar un sitio.

Si el niño dice «macedonia», entonces todos los niños deberán levantarse y buscar otro sitio.

Variante: también se puede jugar empleando hasta tres o cuatro nombres diferentes de frutas.

Zig-zag

Material: una silla menos que el número total de niños.
Edad: a partir de 7 años.

Todos los niños excepto uno forman un corro con las sillas y se sientan en la posición del rey con los ojos abiertos. El niño del centro no tiene sitio. Éste se presenta a los demás y dice «zig» o «zag».

Si dice «zig», todos los niños deberán desplazarse hacia la derecha; si dice «zag», lo harán a la izquierda, intentando en ambos casos (incluso el niño del centro) encontrar otro sitio. Si el niño dice «zig-zag», todos deberán cambiar de sitio sin orden alguno.

Escoger al vecino

Material: una silla menos que el número total de niños.
Edad: a partir de 6 años.

Todos los niños —excepto uno que se coloca en el centro— forman un corro con las sillas y se sientan en la posición del rey con los ojos abiertos. El niño que está derecho en el centro se presenta, luego se dirige a uno de los niños y le pregunta: «¿A quién te gustaría tener a tu lado?». Este otro niño puede nombrar a dos compañeros o señalarlos con el dedo. Acto seguido los niños escogidos deberán intercambiar sus sitios rápidamente.

En ese momento, el niño del centro intentará atrapar la silla de uno de los dos. Aquel de los tres que no consiga sentarse será el próximo en quedarse en el centro y el juego vuelve a empezar de nuevo.

Buscar similitudes

Edad: a partir de 5 años.

Todos los niños excepto uno forman un corro con las sillas y se sientan en la posición del rey con los ojos abiertos. El niño que no tiene silla se queda derecho en el centro. Luego se presenta, cierra los ojos y, con los ojos cerrados, señala a uno de los que están sentados. Seguidamente abre los ojos y pregunta qué niños deben intercambiarse el sitio.

Como respuesta no se da ningún nombre sino sólo indicaciones del tipo: «¡Todos los que llevan puesto algo rojo deben intercambiarse el sitio!». A continuación, los niños de esas características intentan intercambiarse los sitios rápidamente. En ese momento, el niño del centro intentará a su vez conseguir una silla. El niño que se quede sin silla se colocará ahora en el centro y el juego vuelve a empezar de nuevo.

La tela de araña

Material: un ovillo de lana, cojines.
Edad: a partir de 5 años.

Los niños se sientan encima de los cojines formando un corro. El niño que tiene el

ovillo de lana en la mano se presenta diciendo su nombre. Luego sostiene firmemente el extremo del ovillo con una mano y con la otra hace rodar el ovillo por el suelo hasta otro compañero. Ahora es éste quien se presenta, coge la hebra de lana con la mano de modo que quede más o menos tensa y hace rodar el ovillo hasta un tercero, que a su vez coge la hebra manteniéndola tensa, se presenta y hace rodar el ovillo, y así sucesivamente hasta que todos los niños sostienen la

hebra con la mano y sobre el suelo se ha ido formando una tela de araña.

El último niño del corro que haya recibido el ovillo deberá lanzarlo de nuevo al niño que se lo ha pasado pronunciando el nombre de este último en voz alta.

El juego sigue del mismo modo hasta que el ovillo regresa a manos del primer niño.

Cada oveja con su pareja

Material: cartones con dibujos de animales para cada niño, cinta musical o tambor.

Edad: sólo a partir de 8 años.

Antes de empezar el juego se preparan unos cartones con dibujos de animales teniendo en cuenta que cada animal debe aparecer en dos cartones. Primero cada niño recibe uno de estos dos cartones. A la indicación del director del juego o al oír el redoble del tambor todos los niños deben andar y saltar alrededor de la habitación intercambiándose las tarjetas continuamente.

Cuando la música cesa de repente o el tambor deja de sonar, cada niño debe mirar su tarjeta y según el animal que le haya tocado se pondrá a maullar como un gato, a ladrar como un perro, a graznar como un pato, etc., y así cada animal se encuentra con su pareja.

Este juego sirve para reducir el nerviosismo o agitación verbal y motriz.

También resulta muy adecuado para relajar el ambiente en la primera reunión escolar con los padres.

Juegos de relajación para el conocimiento de espacios

Los niños aprenden a actuar de forma independiente cuando exploran su entorno con todos los sentidos. La mejor manera de conocer espacios, objetos y materiales diferentes es probando y experimentando en común. Por eso debéis dejar a los niños tiempo suficiente para que se entretengan en estas experiencias sensoriales.

La belleza, el colorido, la gracia, las similitudes y las diferencias se descubren en un ambiente relajado. Los siguientes juegos de relajación para el conocimiento de espacios contemplan múltiples aspectos como por ejemplo aprender a relajarse, crear imágenes mentales, confiarse a los demás, iniciar un diálogo o guardarse las propias experiencias.

Tocar y sentir un espacio determinado

Edad: a partir de 5 años.

Guiados por un adulto, los niños recorren la habitación en silencio y con los ojos cerrados. Se detienen en diferentes puntos y con las manos van tocando la pared, el armario, la mesa, la silla, etc. El grupo irá comentando todo lo que resulte conocido y lo que resulte extraño, identificando las características especiales de los objetos de la habitación. De este modo los niños perciben también la distribución del cuarto.

Variante: explorar consecutivamente dos espacios diferentes y compararlos verbalmente con el grupo, o también, reconocer el espacio por parejas.

Explorar espacios exteriores

Edad: a partir de 5 años.

El maestro y el grupo de niños salen en silencio al patio o al jardín. Separados en dos grupos los niños deberán recoger cosas diferentes como hojas, cortezas de árbol, arena o piedras. Ganará el grupo que termine antes.

Veo un color que tú no ves

Material: un pañuelo grande, objetos diferentes.
Edad: a partir de 5 años.

Los niños forman un corro con las sillas y se sientan en la posición del rey. En el centro se colocan diez o doce objetos diferentes seleccionados de la habitación. Primero se observan los objetos y luego se cubren con el pañuelo.

El director del juego empieza con la siguiente frase: «Veo un color que tú no ves y es el... rojo. Cerrad los ojos e imaginaos los objetos de debajo del pañuelo. Tomaos tiempo para pensar».

A continuación los niños pueden volver a abrir los ojos. El que sepa la respuesta puede decirla. Luego se levanta el pañuelo y se comprueba si es correcta.

La bolsa misteriosa

Material: una bolsa con juegos o material educativo, corro de sillas.
Edad: a partir de 5 años.

Los niños forman un corro con las sillas y se sientan en la posición del rey. Llenamos una bolsa con diferentes juegos y material educativo seleccionado de la habitación o del aula y la vamos pasando de niño en niño. Cada uno introduce la mano en la bolsa e intenta reconocer un objeto mediante el tacto y decir su nombre. Seguidamente sacamos el objeto de la bolsa y lo mostramos. El niño que haya acertado el objeto deberá colocarlo en su lugar original en la habitación.

Lámpara para la relajación

Material: un bote pequeño de cristal, papel transparente de diversos colores, una bandeja, un pincel para engrudo, cola de pegar, una vela pequeña, cerillas o encendedor.
Edad: a partir de 5 años (con la ayuda de un adulto).

La luz de una vela encendida, sobre todo en Navidad, crea la tranquilidad y el silencio necesarios para la reflexión. Los niños que no quieren cerrar los ojos durante la relajación pueden alcanzar el estado de calma con la ayuda de una vela encendida y luego abandonarse a la relajación. Esta atmósfera especial contribuye a la concentración y el equilibrio del niño. Para que los niños perciban de forma consciente el brillo de la vela encendida el espacio debe estar en penumbra. Si cada niño confecciona su propia lámpara para la relajación se establecerá una relación personal con la vela encendida.

Los niños se sientan a una mesa cubierta con un protector lavable y preparan los materiales necesarios. A continuación rompen el papel transparente en trozos pequeños y los colocan en la bandeja. Luego se cubre el bote de cris-

tal (previamente lavado) con cola de pegar.

Seguidamente, cada niño decora el bote con los trozos de papel transparente. Finalmente se enciende la vela y se introduce con cuidado en la base del bote. Para que la vela no se apague debe in-

troducirse verticalmente. Esta operación exige mucha paciencia y concentración por parte del niño y, por tanto, los niños más pequeños necesitan la ayuda de un adulto.

Cada niño busca un lugar para colocar su propia lámpara para la relajación.

Buscando el mismo objeto

Material: objetos diferentes.
Edad: a partir de 5 años.

En medio del corro de sillas colocamos diferentes objetos seleccionados entre el material de la habitación o del aula. Los niños se sientan en corro en la posición del rey. El director del juego elige a un niño. Éste deberá levantarse en silencio y coger un objeto del centro. Su cometido será encontrar un objeto igual en la habitación. Si lo consigue puede volver a probar suerte.

¿Qué cosa falta?

Material: objetos diferentes.
Edad: a partir de 5 años.

En medio del corro de sillas colocamos diferentes objetos seleccionados entre el material de la habitación o del aula. Los niños se sientan en corro en la posición del rey. Se escoge a un niño que deberá fijarse bien en los objetos y luego colocarse de cara a la pared. Seguidamente, otro niño coge uno de los objetos y lo esconde. Entonces, el primer niño regresa al corro y debe adivinar de memoria qué objeto falta. Finalmente se entrega al niño el objeto para que lo guarde y el juego vuelve a empezar de nuevo.

El rincón de la percepción

Podéis habilitar un «rincón de la percepción» en el espacio que uséis habitualmente con vuestro grupo o en la clase. En este lugar podéis colocar bolsas con diferente material para trabajar el sentido del tacto, calidoscopios (a los niños les gustan mucho) y todo aquel material que pueda servir para juegos y ejercicios o que incite a los niños a probarlo por sí mismos.

Hoy en día, muchos jardines de infancia emplean materiales propios de la pedagogía Montessori o aplican las propuestas de la escuela italiana de pedagogía Reggio.

Material Montessori

A principios del siglo XX, la doctora y pedagoga italiana María Montessori desarrolló diferentes medios y materiales adecuados para la estimulación de los sentidos, dirigidos en principio a niños disminuidos psíquicamente. Desde entonces, estos materiales se utilizan en muchas instituciones con fines diversos, tanto para fomentar el juego en jardines de infancia como el trabajo voluntario en escuelas de educación elemental, o también para estimular el aprendizaje espontáneo y diferenciado de la lectura, la escritura y el cálculo en niños en edad preescolar.

- La *torre rosa* es sin duda el material sensorial más conocido de la pedagogía Montessori. Consiste en diez cubos macizos de madera de color rosa que pueden combinarse en formas tridimensionales de un centímetro hasta diez centímetros de tamaño. Las combinaciones permiten desarrollar la percepción mediante el reconocimiento de diferencias de tamaño en una misma forma, la motricidad mediante el ejercicio muscular y la coordinación del movimiento, y también el pensamiento matemático.

- Mientras los niños más pequeños montan la torre y la vuelven a desmontar, los mayores descubren diferentes posibilidades de montaje, distinguen errores de concordancia y desarrollan estructuras de orden, aprendiendo así la diferencia entre conceptos como grande-pequeño, grande-más grande-el más grande, o pequeño-más pequeño-el más pequeño.

- Mediante el proceso de ensamblaje de las piezas del *cilindro*, los niños aprenden a reconocer la diferencia de dimensión en una misma forma. Se practican conceptos como fino-grueso, estrecho-ancho, alto-bajo, amplio-angosto o llano-hondo. También se estimulan los movimientos finos de la mano hábil.

- A los niños siempre les divierte mucho la posibilidad de clasificar objetos según el tamaño, el color, o también según la sensación al tacto, el sonido, la temperatura o el peso. Con el material sensorial que se conoce como *paleta de colores* se estimula la percep-

ción visual y el sentido del color y se aprende la capacidad de diferenciar.

- Las *tablas táctiles* poseen superficies de diferente rugosidad, lo cual facilita al niño la experiencia del concepto liso-rugoso a la vez que le prepara para el reconocimiento táctil de cifras y letras y para la escritura.

- Los *botes de sonidos* permiten a los niños percibir y distinguir diversos sonidos. También se educa la memoria auditiva, se ejercita la motricidad y sirven de inicio para el trabajo musical.

- Las *tablas conductoras de calor* son diversas tablas de materiales diferentes cuya capacidad conductora de calor es distinta. De este modo se despierta la sensibilidad para la percepción de distintas temperaturas.

- Las *tablas de peso* facilitan la percepción diferenciada de conceptos como «ligero» y «pesado» y refuerzan el desarrollo de la motricidad.

Pedagogía Reggio

La línea pedagógica de Reggio, desarrollada por Malaguzzi y sus colaboradores, ofrece nuevas sugerencias en cuanto a materiales sensoriales se refiere. Esta pedagogía hace hincapié en el hecho de que los jardines de infancia son lugares de experimentación y comunicación que engloban a todos los implicados y su vida cotidiana. Esta «pedagogía del movimiento» respeta el derecho y la capacidad del niño a percibir de un modo intensivo, incitándole a desarrollar sus propias interpretaciones y formas de expresión. Así, en lugar de hablar siempre sobre el niño o con el niño, la pedagogía Reggio exhorta a los adultos a que le escuchen, pues tal y como Malaguzzi formuló en su famoso poema programático «un niño habla cien lenguas, pero le han robado noventa y nueve». En el marco de esta teoría se han elaborado muchos materiales diferentes.

Por ejemplo, en el interior de la *tienda de los espejos* los niños tienen la posibilidad de verse y observarse desde arriba, desde abajo, por detrás, por delante y desde cualquier lado. La tienda es bastante alta y ancha, por eso la habitación donde se coloque deberá ser suficientemente espaciosa. Un lugar oportuno sería precisamente el rincón de la percepción, para experimentar con el cuerpo. Los reflejos múltiples en los espejos permiten inventar toda clase de juegos, por ejemplo, colocando elementos naturales o cristales de colores. Con una vela encendida la tienda se transforma en un cielo estrellado.

Otros materiales que se emplean en los jardines de infancia Reggio son la serpiente táctil, el móvil táctil, la columna táctil o la *pista táctil*, elaborados (como las tablas táctiles de María Montessori) con diferentes superficies con el objetivo de estimular el sentido del tacto. Las *campanas de metal* sirven para promover la percepción de diferencias de sonido.

El método Reggio considera primordial el trabajo por proyectos con grupos reducidos de niños. Por ejemplo, en el proyecto «color» los niños reconocen distintas gradaciones de color por medio de una cáscara de cebolla pegada en la ventana. Igualmente, si se superponen diferentes capas de papel de seda sobre un fondo claro se obtienen nuevos matices de color. Asimismo, la incidencia de la luz sobre cristales transparentes colocados en una bandeja de cristal produce múltiples y diversos efectos de color.

Los materiales como los citados y otros muchos deberían estar también a disposición de los niños en el rincón de la percepción. Entretanto existe una amplia oferta comercial de materiales entre los que escoger para aquellos que no queráis fabricarlos vosotros mismos.

Otras sugerencias

Una hamaca de colores vistosos no sólo es uno de los juguetes preferidos por los niños sino que también sirve para estimular mediante el balanceo la coordinación de movimientos y el sentido del equilibrio en casos de problemas de percepción o trastornos de la motricidad y para mejorar la postura corporal del niño. Los profesionales de jardines de infancia y escuelas que disponen de una zona reservada a actividades de movimiento en la que se ha integrado una hamaca observan que los niños emplean este elemento para muchas actividades o sencillamente para reposar.

Los materiales sensoriales también se pueden aprovechar en el jardín de infancia durante actividades dirigidas por adultos con los niños sentados en corro o en las mesas. Los niños que tienen dificultades para permanecer quietos en el corro pueden levantarse en silencio y coger algún elemento sensorial del rincón de la percepción. La única norma es que jueguen sin molestar a los demás y que una vez hayan escogido el material no lo cambien. De este modo el niño se relaja y luego puede escuchar y concentrarse mejor. El mismo objetivo pretenden los maestros que permiten a sus alumnos hacer calceta durante la clase. De hecho, lo único que demuestra un alumno cuya actitud se limita a permanecer quieto en su sitio es que ha dejado de participar activamente en la clase.

Otro elemento que se puede habilitar cerca del rincón de la percepción o también en casa es la *mesa de las estaciones,* desarrollada por la pedagogía Waldorf, que sirve para que los niños experimenten de una forma sensorial directa los procesos y repeticiones propios de la naturaleza. Para los niños que viven en la ciudad quizá sea un lugar primordial que les ayude a establecer sus relaciones con la naturaleza y que fomente su imaginación.

Ejercicios y juegos de relajación para educar los sentidos

El concepto de tranquilidad interior no sólo significa permanecer en silencio sino que implica que el niño debe reunir todas sus fuerzas internas y dirigirlas hacia un punto central. Durante este proceso toma conciencia de su cuerpo, se abre a sensaciones intensas y agudiza sus sentidos. El niño practica con todos los sentidos y con todo el cuerpo para restablecer la receptividad, la atención y la concentración. También se estimula la facultad de observación concentrada y la diferenciación. Seguidamente se incluyen ejercicios y juegos de relajación para cada uno de los sentidos. Las edades indicadas son únicamente orientativas.

Oído

El mundo está lleno de sonidos, ruidos, tonos y voces. Al contrario de lo que ocurre con los ojos, las orejas no se pueden cerrar, así que estamos rodeados casi constantemente de sonidos y ruidos.

Distinguimos los tonos que nos resultan conocidos, las voces que nos son familiares. El tono de una voz puede comunicarnos sentimientos como miedo, alegría o tristeza.

El zumbido del ordenador, la música de la radio o el murmullo del refrigerador son ruidos cotidianos que normalmente pasamos por alto, pero según nuestro estado de ánimo pueden resultarnos molestos.

En el exterior experimentamos los sonidos más diversos. En la calle nos ataca el ruido del tráfico, en el campo disfrutamos de una tranquilidad repleta de sonidos agradables: el susurro de las hojas de los árboles, el canto de los pájaros...

Las melodías pueden tener efectos muy diversos; una canción de cuna tranquiliza, pero la música rock incita a bailar.

A través de los siguientes ejercicios y juegos de relajación los niños aprenden a distinguir con precisión tonos y sonidos.

Los sonidos de la habitación

Material: papel y lápices de colores (en caso necesario).
Edad: a partir de 5 años.

Los niños se sientan en las sillas en la posición del rey o la posición del cochero con los ojos cerrados y permanecen muy callados. Durante un minuto deberán escuchar con atención y fijarse en lo que oyen. Al terminar el ejercicio los niños dirán en voz baja qué sonidos han oído.

Variante: las impresiones auditivas no se describirán sino que se dibujarán. No olvidéis preparar previamente el papel y los lápices de colores.

Los sonidos del exterior

Material: papel y lápices de colores (en caso necesario).
Edad: a partir de 5 años.

Los niños se sientan en las sillas en la posición del rey o la posición de cochero con los ojos cerrados y permanecen muy callados. Antes, uno de los niños habrá cerrado la ventana y abierto la puerta en silencio. Seguidamente los niños deberán fijarse en todo lo que oyen fuera de la habitación. Un minuto después los niños dirán en voz baja qué sonidos han oído.

Variante: las impresiones auditivas no se describirán sino que se dibujarán. No olvidéis preparar previamente el papel y los lápices de colores.

Mi entorno

Material: papel y lápices de colores (en caso necesario).
Edad: a partir de 5 años.

Puertas y ventanas están abiertas. Los niños se sientan en las sillas en la posición del rey o la posición del cochero con los ojos cerrados y permanecen muy callados. A continuación deberán fijarse en lo que oyen dentro y fuera de la habitación. Pasado aproximadamente un minuto dirán en voz baja qué sonidos han oído.

Variante: las impresiones auditivas no se describirán sino que se dibujarán. No olvidéis preparar previamente el papel y los lápices de colores.

Producir sonidos e identificarlos

Material: papel, palos de madera (en caso necesario).
Edad: a partir de 5 años.

Se colocan las sillas en corro. Los niños se sientan en la posición del rey o la posición del cochero con los ojos cerrados y permanecen muy callados. Uno de los niños, escogido previamente, produce diferentes sonidos sin ayuda de ningún instrumento, es decir, dando una palmada sobre la mesa, chasqueando los dedos o dando patadas en el suelo con los pies. Los niños se fijan atentamente en lo que oyen e identifican y luego lo dicen en voz baja.

Variante: también se puede arrugar papel o hacer sonar los palos de madera.

¿De dónde viene el sonido?

Material: triángulo.
Edad: a partir de 4 años.

Para este ejercicio es preferible que los niños se sienten en la posición del rey con las sillas formando un corro y con los ojos cerrados. Uno de los niños, escogido previamente, deberá ir andando alrededor del corro sin hacer ruido y se parará donde quiera para hacer sonar el triángulo. Entonces, sin abrir los ojos, los niños señalarán con el dedo de qué dirección procede el sonido. Después podrán abrirlos para comprobar si han acertado.

Variante: el niño que lleva el triángulo puede moverse también fuera del corro.

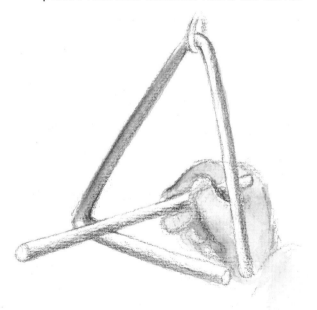

¿Dónde está escondido el despertador?

Material: un despertador grande con manecillas.
Edad: a partir de 4 años.

Todos los niños, excepto uno, deben salir de la habitación y quedarse fuera. El niño que se ha quedado dentro debe esconder un despertador cuyas manecillas se oigan claramente y cuya alarma habremos programado para que suene al cabo de un tiempo determinado en función del tamaño de la habitación. A continuación dejaremos que los niños de fuera vuelvan a entrar en silencio para que busquen el despertador. Mientras dura la búsqueda no podrán hacer ningún ruido. Los niños intentarán encontrar el despertador antes de que suene escuchando atentamente.

El niño que primero encuentre el despertador será el ganador y podrá ser el siguiente en esconderlo.

Variante: sólo un niño sale de la habitación y será quien busque luego el despertador.

¿Cuánto dura un minuto?

Material: un reloj grande provisto de manecillas.
Edad: a partir de 6 años.

Sentados con las sillas en corro, los niños deben seguir con los ojos la manecilla pequeña de un reloj grande. A continuación se colocan en la posición del rey o la posición del cochero y cierran los ojos. El ejercicio consiste en levantar la mano cuando crean que ha transcurrido un minuto. Entonces podrán volver a abrir los ojos. Se trata de que los niños aprendan a permanecer sentados en silencio durante un minuto.

¿Quién sigue oyendo el sonido?

Material: triángulo.
Edad: a partir de 4 años.

Los niños se sientan con las sillas en corro en la posición del rey o la posición del cochero y cierran los ojos. El director del juego se coloca en el centro del corro y toca el triángulo una vez. Cuando algún niño crea que ya no se oye el sonido levantará la mano. El director del juego, que debe sostener el triángulo muy cerca del oído, es quien comunica a los niños que el sonido ya no se oye y que pueden abrir los ojos.

¿Quién ha dado la vuelta al corro?

Edad: a partir de 5 años.

Los niños se colocan de pie formando un corro y con los ojos cerrados. El director del juego toca ligeramente la espalda de un niño con los dedos para indicarle que debe salir del corro. Entonces el niño dará una vuelta alrededor del corro en silencio colocándose de nuevo en su lugar sin hacer ruido. Los niños no pueden abrir los ojos hasta que el director del juego lo indique. Después intentarán adivinar quién ha dado la vuelta al corro.

Variante: los niños se sientan con las sillas formando un corro y mantienen los ojos cerrados. El director del juego toca a un niño en la espalda y éste se levanta de la silla, da una vuelta alrededor del corro y vuelve a sentarse en su sitio, todo ello en silencio. Cuando el director lo indica, los niños abren los ojos e intentan adivinar quién ha dado la vuelta.

¡Quédate quieto!

Material: tamboril o casete con cintas musicales.
Edad: a partir de 5 años.

El director del juego marca un ritmo determinado con el tamboril según el cual los niños se moverán por la habitación o bien brincando, o saltando, de puntillas, caminando o corriendo. Cuando el tambor deje de sonar los niños deben quedarse quietos. El que se mueva, pierde. En lugar del tamboril también se puede utilizar un casete con cintas musicales.

Variante: el director del juego produce un sonido, por ejemplo, dando palmas, chasqueando los dedos, o pataleando en el suelo, y los niños deben imitarlo. Cuando el director para, los niños deben quedarse quietos.

Barcos en el mar

Edad: a partir de 6 años.

Los niños se colocan alrededor de otro niño formando un círculo relativamente estrecho. El niño del centro tiene los ojos cerrados y en este caso es un barco que se desliza lentamente por el mar. Si se acerca demasiado a los demás, éstos deberán emitir un siseo. Cada vez que se oiga un siseo el niño del centro deberá cambiar su curso. Transcurridos de uno a dos minutos el niño del centro se cambiará por otro de modo que todos los que quieran puedan hacer de barco una vez.

Variante: el juego se vuelve más difícil si dentro del círculo se colocan varios niños, uno desempeñando el papel de barco y los demás el de rocas o bancos de arena. En esta variante no sólo sisean los niños del corro sino también los que representan las rocas y bancos de arena.

Oído de gato

Material: un ovillo de lana.
Edad: a partir de 5 años.

Un niño se sienta en el suelo con los ojos cerrados en medio del corro de sillas. Representa que es un gato que está durmiendo; junto a él hay un ovillo de lana. Uno de los niños del corro intentará acercarse al gato sin hacer ruido y quitarle el ovillo. Si el gato oye el ruido del niño que se acerca, sin abrir los ojos deberá señalar hacia la dirección de la que crea que procede el ruido. Entonces deberá intentarlo otro niño. El niño que consiga quitarle el ovillo al gato podrá ser el gato en la ronda siguiente.

El gato y los ratones

Edad: a partir de 4 años.

Un niño se coloca hecho un ovillo y con los ojos cerrados en medio del corro de sillas como si fuera un gato dormido. Los demás niños son ratones que deben acercarse al gato sin hacer ruido y tocarle con los dedos o las patas. De repente, el gato despierta y da un salto para cazar a uno de los ratones. Si lo consigue, el ratón cazado será el gato en la ronda siguiente.

¿Quién me ha robado el gorro?

Material: un gorro.
Edad: a partir de 5 años.

Los niños se sientan con las sillas en corro junto al director del juego. Uno de los niños se sitúa delante del director y apoya la cabeza en su regazo de modo que no pueda ver nada. Detrás de él hay un gorro en el suelo. El director del juego guiña el ojo a otro niño del círculo para que coja el gorro y lo esconda. Únicamente cuando el «ladrón» vuelva a estar sentado en su silla, el niño que ha sido «robado» podrá girarse e intentar descubrir al malhechor.

¿Quién da golpes con el martillo?

Edad: a partir de 5 años.

Uno de los niños del corro se levanta de la silla y da unos toques en la espalda de otro niño que mantiene la cabeza apoyada en el regazo del director del juego. El primero, cambiando la voz, dice: «¿Quién da golpes con el martillo?», y luego se sienta de nuevo en su sitio sin hacer ruido. Entonces, el segundo niño levanta la cabeza del regazo, se gira e intenta averiguar quién daba los golpes.

Juego de emparejar sonidos

Material: diez botecitos vacíos de carretes fotográficos, arena gruesa, piedras pequeñas, judías, trozos de corcho, cuentas de madera.
Edad: a partir de 5 años.

Este juego se basa en el Memory, un conocido juego educativo para estimular la memoria mediante la identificación de parejas. Cada par de botecitos se llena con el mismo contenido (arena, una piedra pequeña...). Una vez cerrados con la tapa, se reparten de nuevo sobre la mesa. A continuación los jugadores deberán agitarlos y adivinar qué par de botecitos contiene lo mismo. Ganará el niño que acierte más parejas.

Palo de lluvia

Material: un tubo de cartón de aproximadamente 60 cm de longitud y 7 cm de diámetro, dos tapas, clavos finos y pequeños, martillo, arena o arroz, pegamento, papel de colores, retales de telas o similares.
Edad: a partir de 6 años.

El palo de lluvia, un instrumento ritual de los indios para invocar la lluvia, ha llegado hasta nosotros procedente de Chile. El interior de este instrumento musical está lleno de finos guijarros mezclados con varillas de madera (palo de lluvia de bambú) o con espinas de cactus (palo de lluvia de cactus). La función de las varillas o las espinas es frenar los guijarros que caen o se deslizan de modo que surge un sonido prolongado y crepitante muy parecido al de la lluvia. Si se gira levemente el palo y se mantiene inclinado se produce el suave sonido de una llovizna. Si se coloca el palo en posición vertical con un movimiento repentino se produce un sonido muy parecido al de un aguacero.

Con mucho cuidado se clavan los clavos en el exterior del tubo de cartón de forma que las puntas asomen por el interior. Se golpea con el martillo hasta que las cabezas de los clavos queden bien clavadas en la superficie del tubo.

Para evitar posibles heridas se recubre el tubo pegando el papel de colores. Luego, se puede decorar el instrumento a gusto de cada cual, por ejemplo, con restos de telas o trozos de cuero, cordones, cuentas...

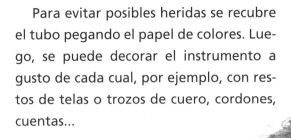

Tapamos el tubo por uno de los lados y lo llenamos hasta aproximadamente una tercera parte con arena fina o arroz. Luego cerramos el otro lado apretando fuerte la otra tapa y pegándola con pegamento.

Finalmente los niños pueden mover sus tubos a un lado y al otro e imitar el antiguo ritual de los indios.

Escuchar la lluvia

Material: palo de lluvia.
Edad: a partir de 4 años.

Los niños se sientan con las sillas en corro en la posición del rey o la posición del cochero y cierran los ojos. El director de juego se coloca en medio del corro sosteniendo el palo de lluvia en posición horizontal y empieza a girarlo muy lentamente para enderezarlo. El primer niño que deje de escuchar el sonido de la lluvia levantará la mano.

Ven y te enseñaré el arco iris

Material: manta o colchoneta, cojines, palo de lluvia, música de meditación.
Edad: a partir de 6 años.

Cada niño coge una manta o una colchoneta y un cojín para la cabeza y se coloca en la posición de relajación horizontal, a ser posible con los ojos cerrados. Para este ejercicio el cuarto debe estar en penumbra y la temperatura debe ser agradable.

Vista

Más de la mitad de toda la información que contiene nuestro cerebro penetra a través de los ojos. Somos capaces de reconocer características de personas y objetos tales como pequeño, grande, gordo, delgado, largo, corto, redondo o cuadrado; vemos colores y cantidades, distinguimos las diferencias y las similitudes y percibimos la distancia, la proximidad y el movimiento. La visión que tenemos del mundo y nuestras opiniones dependen en gran medida de las vivencias que experimentamos mediante la vista.

Por eso las ilusiones ópticas son tan fascinantes, porque nos demuestran que las impresiones ópticas pueden ser engañosas.

Muchas personas han perdido la capacidad de fijarse en las cosas sencillas. Ir por el mundo con los ojos abiertos significa profundizar en aquello que observamos y utilizarlo de forma diferenciada. Las siguientes propuestas y juegos contribuyen a ello.

¿Qué objeto o qué letra falta?

Material: tarjetas con letras, diferentes objetos.
Edad: a partir de 8 años.

En medio del corro de sillas colocamos cuatro o cinco objetos (por ejemplo, un bolígrafo, una regla, una goma de borrar y un sacapuntas) y cuatro o cinco tarjetas con letras. Uno de los niños del corro deberá observar atentamente los objetos o las tarjetas y nombrarlos antes de salir de la habitación. Una vez fuera, otro niño cogerá uno de los objetos o tarjetas y lo esconderá. El primer niño volverá a entrar y deberá averiguar qué objeto o qué letra falta. También se puede complicar el juego y pedir al niño que diga dónde se encontraba el objeto que falta.

Variante: para niños más pequeños se emplearán únicamente objetos.

Formar figuras

Material: cinco o seis cuerdas de saltar o materiales naturales.
Edad: a partir de 6 años.

En el centro del corro se forman diferentes figuras con las cuerdas de saltar, por ejemplo, un círculo, un cuadrado, un triángulo, el contorno de una casa, etc. Mientras uno de los niños espera fuera de la habitación, otro modifica una de las formas o la elimina del conjunto. Entonces, el niño que esperaba fuera vuelve a entrar y debe adivinar qué figura ha sido modificada o cuál es la que falta.

Variante: las figuras pueden formarse también con materiales naturales como ramas o piedras.

Cambiar de sitio

Edad: a partir de 4 años.

Este juego se puede realizar tanto en corro, como es habitual en los jardines de infancia, como con los niños sentados en su lugar de costumbre en el aula. El juego consiste en que un niño debe salir de la habitación y esperar fuera. En el interior, dos niños se intercambian sus sitios. Entonces el primero deberá entrar de nuevo y averiguar qué niños se han cambiado de sitio.

Variante: no sólo dos sino varios niños se intercambian los sitios.

¿Qué es lo que no concuerda?

Edad: a partir de 5 años.

Pediremos a uno de los niños del corro que se fije atentamente en los demás niños. Luego deberá salir de la habitación. A continuación uno de los niños del corro se quitará una pieza de ropa que lleve puesta. El niño de fuera volverá a entrar de nuevo y deberá descubrir cuál de los niños tiene algo diferente y qué es. Si tiene dificultades para averiguarlo podemos describir el objeto.

1.ª variante: dos de los niños se intercambian alguna pieza de ropa entre sí, por ejemplo, el jersey o los zapatos.

2.ª variante: uno de los niños del corro se coloca algún elemento o pieza de ropa que no llevaba, por ejemplo, una cadena o una bufanda.

¿Dónde falta la ficha?

Material: un tablero de juego, figuras o fichas, una mesa.
Edad: a partir de 5 años.

Sobre la mesa hemos colocado el tablero de uno de los juegos preferidos de los niños, como las damas o el tres en raya. Encima del tablero hay cinco o seis figuras o fichas. Uno de los niños deberá fijarse bien en la disposición de las fichas y luego salir del cuarto. A continuación quitaremos una de las fichas del tablero. Una vez dentro, el primer niño deberá averiguar dónde falta una ficha.

Revoltijo de zapatos

Material: zapatos.
Edad: a partir de 4 años.

Los niños colocan sus zapatos en el centro del corro de sillas. Primero mezclamos bien los zapatos y luego uno de los niños intenta ordenarlos según el dueño. Si el niño comete algún error lo intentará el siguiente.

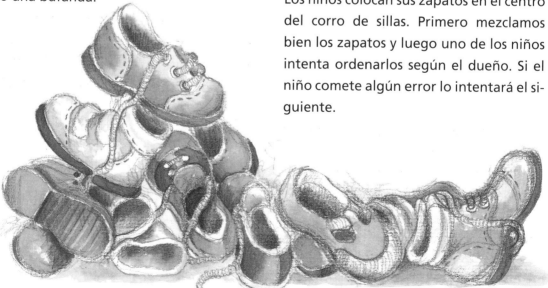

¿Dónde está el anillo?

Material: un anillo o una piedra.
Edad: a partir de 4 años.

Los niños se sientan en corro con las manos detrás de la espalda. Uno de ellos tiene un anillo o una piedra escondida en la mano. A la señal del director del juego (lo más disimulada posible) se irán pasando el anillo de mano en mano por detrás de la espalda. El niño que se encuentra en medio del corro debe intentar no perder de vista en ningún momento el anillo o la piedra. Al cabo de un rato dice en voz alta: «¡Alto!», y en ese instante los niños no podrán seguir pasándose el objeto. A continuación el niño del medio debe intentar adivinar quién tiene el anillo en la mano. Si no acierta, tiene que seguir intentándolo en la ronda siguiente.

¿Quién dirige la orquesta?

Edad: a partir de 6 años.

Uno de los niños sale de la habitación. Los demás, sentados en corro, escogen a uno de ellos como «director de orquesta». Éste simulará mediante gestos que toca determinados instrumentos, como por ejemplo el piano, el violonchelo, el violín o la guitarra. Los demás niños repetirán los movimientos, pero deberán hacerlo tan rápidamente que no sea posible distinguir quién es el director. Cuando la «orquesta» empiece a tocar entrará de nuevo el niño de fuera e intentará averiguar quién es el director.

Variante: en lugar de la simulación gestual de instrumentos también se pueden dar palmas, patalear o frotarse la barriga.

¿Quién manda en casa?

Edad: a partir de 6 años.

Los niños se sientan en corro. Luego, uno de ellos se gira de espaldas al grupo. Con un guiño, el director del juego escoge a un niño del corro para que sea la «madre» o el «padre» de los demás. Sin moverse de su sitio, este niño reproducirá mediante gestos diversas tareas caseras, como por ejemplo planchar, cocinar, limpiar, etc., y los demás tendrán que imitarle. Cuando los niños empiecen a hacer el primer movimiento, el que está de espaldas podrá volverse de cara al grupo. Deberá observarles con atención y averiguar quién de ellos es el padre o la madre.

El escultor

Edad: a partir de 8 años.

Se forman dos grupos. Cada grupo piensa en una situación relacionada con una profesión de la que no podrá revelar nada al otro grupo. A continuación, un jugador de uno de los grupos actuará como escultor, es decir, «modelará» a los jugadores de su grupo como si fueran, por ejemplo, un equipo de fútbol en el campo, panaderos cociendo pan, etc. Mientras tanto el otro grupo observa lo que el escultor hace con su grupo, es decir, qué situación profesional están representando. Cuando el director del juego considere que ha pasado tiempo suficiente como para adivinarlo, ordenará al escultor que pare. A continuación será el turno del otro grupo para representar la escena profesional escogida.

Ganará el grupo que antes adivine lo que los otros han representado.

Este juego también resulta muy adecuado para jugar con los padres el día de reunión con las familias.

El semáforo

Material: papel rojo, amarillo y verde.
Edad: a partir de 4 años.

Primero se comenta con los niños la función de los semáforos en el tráfico y se hace hincapié en el significado de los colores. Seguidamente los niños empiezan a andar alrededor de la habitación. Cuando el director de juego levante un papel rojo, los niños deberán quedarse parados y no podrán moverse. Cuando levante un papel amarillo, los niños deberán ponerse a saltar en el sitio. Cuando levante el papel verde podrán seguir andando alrededor de la habitación después de haber comprobado atentamente que no se acerca ningún coche.

Estatuas de hielo

Material: varita mágica (un bastón recubierto de papel brillante o con estrellas brillantes pegadas encima).
Edad: a partir de 5 años.

Los niños recorren la estancia arriba y abajo hasta que el mago los toca con su varita mágica y mediante un conjuro los convierte en estatuas de hielo. Entonces uno de los niños tendrá que fijarse atentamente en la postura de los niños y luego saldrá de la habitación. Mientras esté fuera, uno de los niños cambiará de postura. Luego, el primero volverá a entrar e intentará averiguar quién ha cambiado de postura. Si lo consigue, el mago desencantará a las estatuas de hielo mediante su conjuro.

Pintar soplando

Material: hojas de papel DIN-A3, pincel, vaso, acuarelas (rojo, amarillo o azul), pajitas, ceras de colores, música adecuada para la relajación.
Edad: a partir de 5 años.

Los niños se ponen una bata para pintar. Luego cogen papel (DIN-A3), un pincel, un vaso con agua y una acuarela y se sientan a una mesa cubierta con un protector. Primero dejan caer unas gotas gruesas de pintura sobre el papel con la ayuda del pincel. Cuando haya suficientes gotas sobre el papel, cogerán una pajita, la introducirán en cada una de las gotas y soplarán de modo que la pintura se extienda por todos los lados. Acompañar la tarea con una melodía de fondo adecuada contribuye a crear un estado de tranquilidad interior.

Mientras el cuadro se esté secando, los niños podrán levantarse y contemplar los cuadros de los demás. Seguidamente cada niño regresará a su sitio y con las ceras de colores terminará las formas de la pintura dibujando figuras, animales u objetos. Al día siguiente se pueden añadir otros colores de fondo para completar y embellecer el cuadro.

El jefe de cocina

Material: fruta fresca, copos de avena, leche.
Edad: a partir de 5 años.

Los niños se sientan en corro y todos juntos enumeran los ingredientes necesarios para elaborar un muesli. Los ingredientes citados se colocarán en el centro del corro. A continuación dos niños deberán observar atentamente todos los ingredientes y nombrarlos uno por uno. Luego saldrán de la habitación. Entonces, uno de los niños del corro quitará por ejemplo un trozo de fruta y lo esconderá. Los niños de fuera volverán a entrar y deberán comprobar qué ingrediente falta. El primer niño que responda correctamente será el jefe de cocina y podrá preparar el plato.

Evocación de imágenes para la relajación

Material: fotografías de las vacaciones, manta o colchoneta, cojín, música adecuada para la relajación, acuarelas, papel.

Edad: a partir de 5 años.

Empezamos hablando con los niños sobre lugares en los que se puede conseguir un estado de tranquilidad interior. Para ello, los niños habrán traído de casa fotografías de las vacaciones o de alguna excursión en las que aparezca el mar, la playa, montañas, bosques o prados. Todos juntos miran y comentan las imágenes a partir de preguntas como «¿qué sensaciones nos producía estar sentados junto al mar?» o «¿cómo nos sentíamos mientras estábamos descansando en este prado?».

Variante: todos juntos podéis salir a buscar lugares cercanos que contribuyan a crear una sensación de tranquilidad y fotografiarlos. Luego se exponen las fotos y se comentan. Seguidamente, cada niño coge una manta o una colchoneta y un cojín y se coloca en una postura relajada. El que quiera puede coger también su lámpara para la relajación, colocarla a su lado y encenderla. Cada niño debe disponer de espacio suficiente para tumbarse cómodamente. El que quiera puede cerrar los ojos o mirar fijamente la vela encendida.

A continuación el adulto indica que los ruidos van desapareciendo lentamente y que todo queda en silencio. Cada niño debe evocar en la mente su imagen de tranquilidad, es decir, un lugar en el que se sienta a gusto. La música escogida para el momento empieza a sonar.

Al finalizar la música los niños deben ir regresando lentamente de su lugar mental. La imagen de tranquilidad se desvanece paulatinamente y los niños abren los ojos poco a poco. Tras una breve pausa, los niños levantan la parte superior del cuerpo, se sientan y cierran las manos con fuerza formando un puño. Luego tensan los músculos y estiran todo el cuerpo. Reforzaremos todo el proceso de «regresar» del estado de relajación con la fórmula siguiente: «Me siento fresco y despierto como un pez en el mar».

Finalmente todo el grupo comenta la música y los lugares escogidos y cada niño dibuja su imagen de tranquilidad con las acuarelas preparadas previamente.

Olfato y gusto

Los sentidos del olfato y el gusto están estrechamente relacionados entre sí. A veces, cuando estamos resfriados tenemos la sensación de que la comida es insípida. Mediante el sentido del gusto distinguimos si los alimentos son dulces, ácidos, amargos o quizá picantes. Asimismo, degustar nuestro plato preferido nos hace recordar a veces una situación agradable. Los olores todavía nos influyen de un modo más patente provocando estados de ánimo determinados o incluso modificándolos.

Ya los egipcios utilizaban aceites esenciales con fines curativos, en las ceremonias religiosas o para el cuidado del cuerpo y el rostro. Tomando como fundamento estos conocimientos antiguos surgió la aromaterapia, cuyo objetivo es estimular el olfato con aceites esenciales e influir positivamente en el estado de ánimo.

Así, por ejemplo, si se vierten dos gotas de aceite de limón sobre un pañuelo o sobre la almohada se obtiene un efecto vivificante, y con ocho gotas de aceite de jazmín en el quemador de esencias se refuerza el ambiente festivo en una buena comida. De todos modos es muy difícil generalizar sobre el efecto de los olores en las personas ya que cada individuo los experimenta de forma muy diferente.

Los juegos y ejercicios de relajación siguientes sirven para que los niños distingan y perciban con más intensidad su sentido del olfato y del gusto.

Normas básicas para la utilización de aceites esenciales

- ◆ Los aceites esenciales son altamente concentrados. Por tanto sólo se deben administrar en gotas.
- ◆ Los aceites esenciales tienen efectos nocivos si se aplican en excesiva cantidad; por eso, no emplear nunca más gotas de las que se indican.
- ◆ En ningún caso aplicar ni verter aceites sin diluir sobre la piel.
- ◆ Si el aceite salpica en los ojos, consultar inmediatamente con un médico. No lavar nunca los ojos con agua, sino con algunas gotas de aceite de almendra puro.
- ◆ Mantener siempre los aceites fuera del alcance de los niños.

Cajas de especias

Material: seis cajas de cerillas vacías, seis especias diferentes, por ejemplo, pimentón, pimienta negra, canela, vainilla, tomillo y mejorana.
Edad: a partir de 5 años.

Se llenan seis cajas de cerillas vacías con diferentes especias y se cierran.

A continuación los niños se sientan con las sillas formando un corro y, aunque no es obligatorio, pueden colocarse en la posición del rey. Para que la percepción sea más intensa deberán cerrar los ojos al oler. El director del juego coge las cajas con las especias, las abre y una tras otra las va pasando de niño en niño. Cuando todos los niños hayan olido una caja, se hablará sobre la especia y su aroma.

¿Líquido o sólido?

Material: seis botes con el siguiente contenido: vinagre, leche, agua, piel de manzana, piel de naranja, piel de limón.
Edad: a partir de 5 años.

Llenamos todos los botes iguales (se pueden utilizar botecitos vacíos de carretes fotográficos, que no sean transparentes) con diferentes líquidos o pieles de frutas y los entregamos uno tras otro a los niños para que los vayan pasando de uno en uno por todo el corro. Es preferible que los niños cierren los ojos mientras huelen y se concentren en el olor. Si se trata de un grupo numeroso se pueden poner simultáneamente diversos botes en circulación para evitar que los niños se distraigan o pierdan la paciencia. Cuando todos los niños hayan olido todos los botes deberán nombrar los olores. También deberán identificar si el citado contenido era líquido o sólido.

Canela   *Mejorana*   *Vainilla*   *Tomillo*

Tulipán

Rosa

Girasol

Flores perfumadas

Material:

Para las flores: papel para las siluetas, papel rizado de un color, tijeras, pegamento.
Para el perfume: de una a dos gotas de aceite de limón, aceite de naranja, aceite de mandarina, aceite de rosas, aceite de violeta, aceite de jazmín.
Edad: a partir de 6 años.

Antes de empezar a confeccionar las flores perfumadas los niños deberían conocer las frutas y flores de los aceites que se utilizarán.

Sobre el papel base dibujamos seis veces la misma silueta de una flor y la recortamos. Las flores deben ser todas del mismo tamaño. A continuación rompemos el papel rizado en trozos pequeños que los niños arrugarán formando bolas. Luego pegarán las bolas encima de las siluetas de las flores. Todas las flores son iguales, pero huelen diferente porque en cada una hemos vertido gotas de distintos aceites.

Ejercicio sensorial con flores perfumadas

Material: flores perfumadas.
Edad: a partir de 6 años.

Los niños se sientan en la posición del rey con las sillas formando un corro y permanecen en silencio. Para percibir los olores con más intensidad pueden cerrar los ojos. El director del juego pasa las flores a los niños para que las huelan una tras otra. A continuación se nombran los olores.

Juego de emparejar olores

Material: doce flores perfumadas.
Edad: a partir de 6 años.

Para este juego se necesitan otras seis flores perfumadas (véase la actividad «Flores perfumadas»). En total tenemos doce flores, es decir, seis pares de flores, cada par del mismo olor. Cada par de flores se marca por el reverso con el mismo símbolo, por ejemplo, un círculo, un cuadrado o un triángulo. De este modo los niños podrán comprobar si han clasificado correctamente los olores después de olerlas.

Una vez confeccionadas las flores empieza el juego de memoria. Cuando un niño clasifique correctamente un par de flores mediante la identificación olfativa podrá seguir probando suerte sin perder su turno. Ganará el niño que haya identificado correctamente más pares de flores perfumadas.

¿Dulce, ácido o salado?

Material: una pipeta y líquidos o alimentos que sean dulces, salados, ácidos o amargos como zumo de manzana, zumo de naranja, zumo de limón amargo, palitos salados, patatas fritas, ruibarbo, limón, chocolate amargo.

Edad: a partir de 5 años.

Los niños están sentados en corro. El director del juego va entregándoles uno tras otro algo para comer o con una pipeta les pone unas gotas de líquido en el dorso de la mano. Los niños lo probarán con los ojos cerrados. Cuando todos los niños hayan terminado, cada uno deberá decir qué es lo que ha probado.

Tacto

La piel es el órgano sensorial más grande de las personas, pues abarca todo el cuerpo y lo protege. Sentimos con todo nuestro cuerpo. La luz solar tiene efectos positivos en la mayoría de personas y levanta el estado de ánimo. En cambio, la lluvia y el viento fuerte sobre la piel resultan más bien desagradables, la presión y las heridas nos producen dolores y también sentimos el calor y el frío en la piel.

Sin embargo, la sensibilidad de la piel no es la misma en todas partes. Por ejemplo, las células sensoriales están más juntas unas de otras en las yemas de los dedos que en el dorso de la mano. Las personas con problemas de visión o los ciegos se sirven únicamente del tacto de las puntas de los dedos para leer en braille. Estas personas están mucho más preparadas para recibir información a través del tacto que los videntes.

Las diferentes sensaciones que recibe el cuerpo son elaboradas por el cerebro también de forma diferente. Cuando un niño come un trozo de chocolate, su cerebro recibe una información diferente a cuando se cae y se da un golpe en la rodilla. Y cuando un niño aparta los dedos del horno caliente al momento, eso se debe únicamente a que el cerebro descifra con gran rapidez las informaciones que el sentido del tacto transmite.

Los siguientes ejercicios y juegos de relajación sirven para ayudar al niño a tomar mayor conciencia de su cuerpo. Sólo mediante la vista o el tacto percibimos si una cosa es más gruesa o más delgada, más grande o más pequeña, redonda o cuadrada, lisa o rugosa, caliente o fría.

Sentir barro o arcilla de modo consciente

Material: arcilla o barro, cubierta protectora, un trapo grande, música de meditación.
Edad: a partir de 9 años.

Cubrimos la superficie de trabajo con una cubierta protectora y entregamos a cada uno de los niños un trozo de barro o arcilla. El ejercicio consiste en modelar alguna figura tapando el barro o la arcilla con un periódico o un trapo. La música de meditación, por ejemplo el *Romance* de Dvorak, sirve para estimular el espíritu creativo. A continuación, cada niño descubre su obra y explica qué ha experimentado durante el proceso de modelaje.

Variante: cada niño escribe en un papel lo que cree que ha modelado cada uno de sus compañeros. Luego, uno por uno muestran su obra y leen en voz alta las anotaciones de los demás.

Enrollar y desenrollar un ovillo

Material: un ovillo de lana.
Edad: a partir de 4 años.

Los niños se sientan en la posición del rey con las sillas formando un corro y cierran los ojos. Uno de ellos, el que sostiene el ovillo de lana, coge el extremo de la hebra con una mano y pasa el ovillo al niño de al lado. El ovillo va pasando de niño en niño; cada uno coge con las manos la hebra y así se va desenrollando el ovillo. Cuando el ovillo llega al último niño, pueden abrir los ojos y observar el resultado del juego distinguiendo el círculo de lana que los une. A continuación, de nuevo con los ojos cerrados, se reanuda el juego pero en sentido inverso. Ahora deben enrollar el ovillo ejercitando así los movimientos finos.

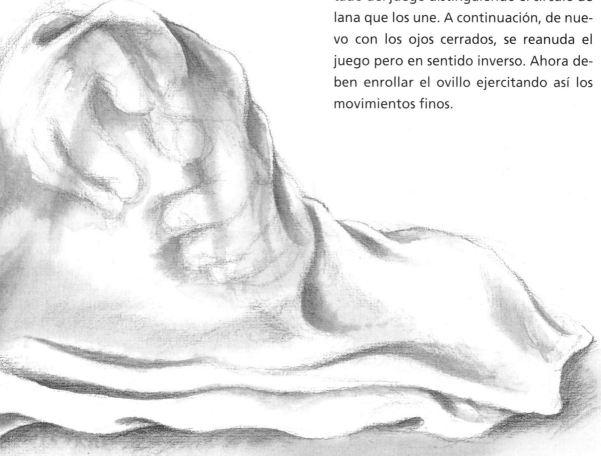

Tocar un globo grande y pasarlo

Material: un globo muy grande (de un metro de diámetro), un trapo grande o sábana.
Edad: a partir de 5 años.

Los niños se sientan en corro sobre un cojín. El director del juego sostiene un globo gigante tapado con un trapo grande o una sábana y, muy lentamente, para aumentar la expectación de los niños, levanta el trapo dejando el globo al descubierto. Entonces, los niños cierran los ojos y el globo pasa a manos del primer niño. Éste, con los ojos cerrados, lo toca y lo entrega al niño siguiente. Cuando todos los niños han tocado el globo pueden abrir los ojos. Finalmente, comentan las características del globo: forma, tamaño y tipo de superficie.

Tocar el globo con los pies

Material: un globo muy grande (de un metro de diámetro).
Edad: a partir de 5 años.

El juego de relajación anterior sirve de base para éste. Los niños tienen que haber experimentado previamente las características del globo gigante.

Para este juego los niños pueden quitarse los zapatos y sentarse en corro. Todos juntos intentan tocar el globo con los pies y con mucho cuidado haciendo que el globo se mueva, a ser posible, sin salir del círculo.

Dibujar sobre la piel

Edad: a partir de 5 años.

En este juego cada par de niños forma un grupo. Uno de ellos se sienta en una silla en la posición del rey o la posición del cochero. Si quiere, puede cerrar los ojos. El otro niño se coloca detrás del primero y dibuja con el dedo un círculo, un cuadrado, un triángulo o un rectángulo en la espalda del otro. El que está sentado tiene que adivinar qué figura ha dibujado su compañero. Si acierta se cambiarán los papeles.

Variante: si los niños son más mayores pueden dibujar cifras y letras.

Correo silencioso

Edad: a partir de 6 años.

Los niños se sientan en fila uno detrás de otro en la posición del rey y con los ojos cerrados. El último niño envía un telegrama dibujando con el dedo una figura geométrica en la espalda del que tiene sentado delante. Éste recoge el telegrama sin decir palabra y repite el dibujo en la espalda del que tiene sentado delante, y así sucesivamente hasta que el telegrama llegue al primer niño de la fila. Entonces los niños abren los ojos y el primer niño dice qué correo ha recibido.

La báscula

Material: dos objetos iguales pero de diferente peso, por ejemplo, cuentas, perlas, piedras, palos, y una báscula.
Edad: a partir de 5 años.

Uno de los niños se coloca frente al corro con los ojos cerrados y los brazos estirados como si fuera una báscula. Le ponemos en cada mano un objeto igual pero de diferente peso, por ejemplo, una cuenta de cristal y otra de barro. El niño deberá levantar el brazo cuya mano sostenga menos peso y bajar la mano con más peso. Después podemos pesar los mismos objetos en la báscula real para compararlos.

Mi vestido

Material: retales de diferentes telas, como algodón, lana, cáñamo, seda, fibra sintética, cuero.
Edad: a partir de 8 años.

Los niños se sientan en la posición del rey con las sillas en corro y cierran los ojos. El director del juego va pasando los retales de mano en mano uno tras otro. Los niños tienen que tocar los retales e identificar el material en silencio. Acto seguido abren los ojos y explican qué tipo de tela han tocado y para qué ocasiones resultan adecuadas, por ejemplo, primavera, verano, otoño, invierno, para diario, para la noche...

Variante: también se puede utilizar la *caja de telas* de María Montessori. Esta caja contiene telas de materiales, calidades y colores diferentes. Los niños deben distinguir las distintas texturas de las telas de la caja mediante el tacto.

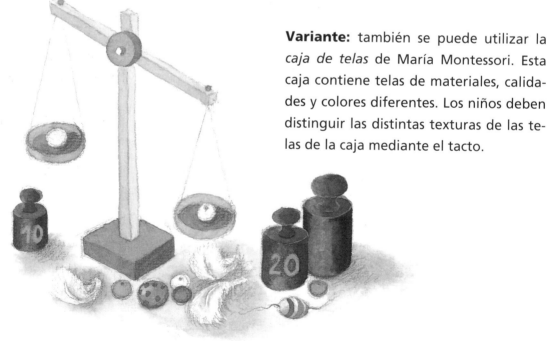

El saco de Papá Noël

Material: un saco pequeño de tela de cáñamo con figuras diferentes como un círculo, un cuadrado, un rectángulo, un trapecio o un cubo.

Edad: a partir de 5 años.

Los niños se sientan en corro y en silencio. Entregamos a uno de ellos el saco de cáñamo en cuyo interior hemos colocado una figura geométrica que debe identificar mediante el tacto. Si no acierta lo intenta otro niño con otra figura.

Variante para niños más mayores: en lugar de figuras el saco contiene una letra o una cifra que deberá reconocerse también mediante el tacto.

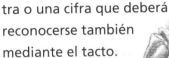

¿Caliente o frío?

Material: objetos del mismo tamaño pero de diferentes materiales como madera, mármol, hierro, cristal esmerilado, corcho o fieltro.

Edad: a partir de 5 años.

Los niños se sientan con las sillas formando un corro. El director del juego escoge a un niño que debe cerrar los ojos. Éste posa levemente las manos encima de dos objetos de materiales diferentes experimentando así la diferencia en la capacidad conductora de calor de cada uno de ellos. Si también se quiere mostrar que existen materiales cuya capacidad conductora de calor es la misma se colocará el mismo objeto por duplicado.

Antes de abrir los ojos el niño debe decir en voz alta si el objeto está frío o caliente.

Variante: utilizar las *tablas conductoras* de calor o los *botes de calor* de María Montessori para la percepción de diferencias de temperatura.

Pelota de púas

Material: pelotas de púas, colchonetas o mantas, música de relajación.
Edad: a partir de 5 años.

Cada pareja de niños tiene una pelota de goma o de espuma blanda con púas gruesas alrededor de toda la superficie. Uno de los dos niños se quita los zapatos y se tumba boca arriba sobre una colchoneta o una manta en posición de relajación horizontal con las piernas separadas, los brazos junto al cuerpo y los ojos cerrados (esto último no es obligatorio). El compañero hace rodar lentamente la pelota sobre el cuerpo del niño tumbado. La pelota debe estar en todo momento en contacto con el cuerpo y la pasará por todas las partes una detrás de otra. El niño que está tumbado debe ir siguiendo el movimiento de la pelota mentalmente y prestar atención a las sensaciones que ésta despierta en cada parte de su cuerpo. Finalmente los niños intercambian las posiciones.

Este masaje puede reforzarse con música de meditación o relajación.

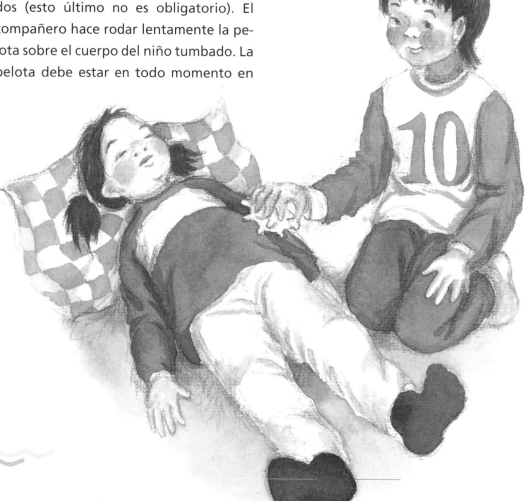

Variante: en lugar de la pelota de púas podéis probar con otros objetos, por ejemplo: rodillos de masaje, pelotas de superficie lisa —resultan fáciles de agarrar y sirven para masajes corporales, manuales y podales— o rodillos de púas fabricados con espuma blanda.

Confección de pelotas de masaje

Material: $\frac{1}{4}$ de kg de arroz y dos globos para cada pelota, un embudo, tijeras, música de meditación.
Edad: a partir de 6 años.

Cada pareja de niños confecciona dos pelotas de masaje, una para cada uno. Antes de empezar a fabricarlas, han de cortar el extremo de uno de los globos. Luego deberán ayudarse el uno al otro para introducir un embudo en el globo cuyo extremo está intacto. A continuación, mientras uno de los niños sujeta el globo provisto del embudo, el otro lo llenará de arroz.

Cuando hayan introducido en él suficiente arroz, deberán meterlo, empezando por la punta, dentro del otro globo sin extremo, con el fin de que quede tapado y el arroz no pueda salirse. Cuando todos los niños hayan confeccionado una pelo-

ta de masaje para cada uno se la pasarán rodando por encima del cuerpo o a su alrededor. Si lo hacen entre ellos el contacto resulta más divertido.

Las pelotas de masaje así fabricadas se pueden utilizar para el juego anterior.

Juegos de relajación con música y movimiento

Los niños conciben la música y el movimiento como partes de una unidad. Los niños pequeños, sobre todo, transforman automáticamente en movimiento cualquier sonido, tono o ritmo que perciben; expresan los sentimientos y los estados de ánimo con todo el cuerpo. La agitación interior y la manifestación exterior de movimientos están íntimamente relacionadas en los niños pequeños.

Por todo ello debería permitirse a los niños realizar actividades corporales y de movimiento en cualquier circunstancia y no únicamente en momentos determinados. La base de toda educación elemental conlleva actividades de movimiento que contribuyen a que el niño tenga sus propias experiencias, a desarrollar su capacidad de resolver situaciones y a relacionarse consigo mismo y con su entorno.

La música estimula y potencia las capacidades motrices y procura la motivación necesaria para cantar o hacer juegos de palabras.

En las librerías especializadas existe una amplia oferta de libros y discos que proporcionan múltiples ideas para trabajar con historias, sonidos y melodías.

Las iniciativas de juegos de movimiento surgen con frecuencia del propio grupo de niños; debéis aprovechar siempre este tipo de situaciones.

Las actividades musicales y de movimiento proporcionan a los niños pequeños y a aquellos que presentan dificultades de lenguaje la posibilidad de relajarse con más facilidad en el seno del grupo. De este modo se forma además una buena base para experiencias grupales posteriores. Tocar algún instrumento sencillo, cantar o moverse al ritmo de la música son algunas sugerencias útiles que contribuyen a eliminar la inquietud interior, la falta de equilibrio o de concentración y la agresividad.

Seguir sonidos

Edad: a partir de 5 años.

Este juego se juega por parejas y en turnos consecutivos. Uno de los dos niños tiene los ojos cerrados; su compañero debe guiarle por toda la habitación dando suaves palmadas y procurando no alejarse demasiado ni dar pasos demasiado grandes.

1.ª variante: el niño que guía puede producir otros sonidos como chasquear los dedos o sisear con la boca.

2.ª variante: el niño que guía utiliza algún instrumento de percusión como el triángulo o los palos.

Identificar sonidos de animales

Material: cintas musicales.
Edad: a partir de 5 años.

Los niños se reparten en dos grupos iguales. Cada grupo es un animal. Mientras suena la música los niños se mueven a su aire por la habitación. Al cesar la música, los que pertenecen al mismo grupo deben reunirse lo más rápidamente posible gritando el sonido de su animal y formar un círculo. El grupo que primero termine y se siente en el suelo será el ganador.

Variante: en lugar de dos se pueden formar tres o cuatro grupos de niños y se marca el ritmo del movimiento con un tambor. Cuando cesa el sonido del tambor los niños deben gritar el sonido del animal que representan, reunirse y formar un círculo.

Cabeza y cola

Material: música.
Edad: a partir de 6 años.

Los niños se colocan en fila uno detrás de otro y se cogen de la cadera del niño de delante como si fueran pollitos. El primero de la fila es la gallina, que debe intentar alcanzar al último pollito. Si el primer niño lo consigue formando así un círculo, habrá ganado. Si no lo consigue en un tiempo determinado, habrá perdido y deberá colocarse el último como un simple pollito. Si se ameniza el juego con música ligera actual resulta más animado.

Mi imagen en el espejo

Material: música de relajación.
Edad: a partir de 6 años.

Los niños se colocan uno delante del otro por parejas. El juego consiste en imaginar que uno de los niños está delante del espejo; el niño se mira en el espejo y empieza a hacer movimientos lentos que puede acompañar con mímica y gestos. El otro niño, el espejo, tiene que imitar todos los movimientos.

La realización de movimientos lentos puede reforzarse con música de relajación.

Variante: el niño que está delante del espejo debe intentar reproducir determinados sentimientos o estados de ánimo como tristeza, alegría, rabia o enfado mediante movimientos, gestos y mímica.

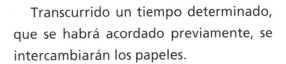

El titiritero

Material: música suave.
Edad: a partir de 6 años.

Por parejas, uno de los niños se tumba sobre una colchoneta o una manta como si fuera una marioneta. El otro niño es el titiritero; éste debe intentar levantar su marioneta y hacerla andar tirando de los hilos invisibles que el muñeco tiene en las piernas, los hombros, la cabeza y los pies.

Transcurrido un tiempo determinado, que se habrá acordado previamente, se intercambiarán los papeles.

Se puede acompañar el juego con música suave.

El robot y su mecánico

Material: música rap o similar.
Edad: a partir de 5 años.

Este juego se juega por parejas. Uno de los niños representa al robot, el otro es el mecánico. El robot va andando por toda la habitación con movimientos angulosos; la dirección la determina el mecánico tocándole ligeramente el hombro derecho y el izquierdo. Si el mecánico le toca los dos hombros a la vez, el robot tiene que quedarse parado. Si el robot no recibe ninguna orden tiene que andar en línea recta. El mecánico tiene que procurar que el robot no toque a nadie ni choque contra la pared.

Transcurrido un espacio de tiempo predeterminado se intercambian los papeles. La música de rap o cualquier otro tipo de música pop como la salsa resulta muy adecuada para este juego de movimientos angulosos.

Ponte el sombrero

Material: un periódico, una canción adecuada.

Edad: a partir de 6 años.

Mientras suena la canción los niños se mueven por la habitación con el sombrero puesto y se los van cambiando entre sí. Cuando la música cesa, todos los niños deben llevar un sombrero puesto. Si se juega con un sombrero menos que el número total de niños, siempre habrá un niño que se quede sin sombrero al terminar la canción.

Para fabricar el sombrero, extendemos sobre la mesa una hoja doble de periódico en sentido vertical y doblamos la pági-

na superior sobre la inferior. Reseguimos cuidadosamente los bordes de los pliegues con la uña.

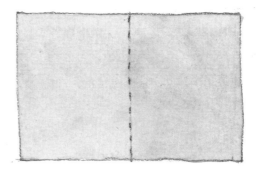

A continuación volvemos a doblar la hoja que nos ha quedado, esta vez hacia un lado, de modo que al abrir el pliegue tenemos marcada una línea vertical en medio.

Luego cogemos el borde superior izquierdo y el derecho y los doblamos hacia abajo hasta la línea del medio formando dos triángulos, uno de cara al otro.

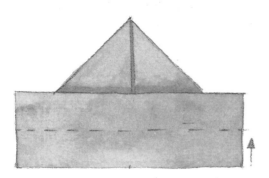

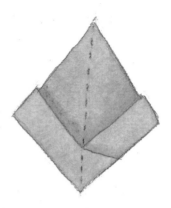

Doblamos por encima de los triángulos las dos bandas rectangulares que quedan en la parte inferior.

Cogemos el sombrero por la abertura, presionamos un poco y separamos los lados formando un triángulo. Luego escondemos las puntas que sobran, unas debajo de otras, y ya tenemos el sombrero terminado.

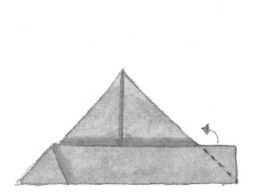

Seguidamente separamos una de las bandas de papel que acabamos de doblar y la doblamos en sentido inverso por el doblez marcado.

Palomitas de maíz

Material: música.
Edad: a partir de 6 años.

Al ritmo de una música adecuada los niños se mueven libremente por toda la habitación. Si la música cesa, cada niño debe encontrar a su pareja y andar por la habitación como si fueran palomitas de maíz pegadas, es decir, cogidos del brazo. Mientras están juntos pueden hacer las debidas presentaciones y contarse cuáles son sus aficiones. Si la música vuelve a sonar, la pareja se suelta del brazo y el juego vuelve a empezar. Este juego también resulta muy adecuado para que los niños se conozcan.

¡No te quedes sin cera de colores!

Material: rollo grande de papel, ceras de colores (una para cada niño) música movida y suave.
Edad: a partir de 8 años.

Se extiende el rollo de papel sobre la mesa de modo que cada niño tenga espacio suficiente para pintar y se disponen tantas ceras de colores como niños. Luego, al sonar la música, los niños deben moverse por la habitación siguiendo el ritmo.

Cuando cesa la música, cada niño debe buscar rápidamente un sitio y pintar alguna cosa con su cera de colores. Cada vez que suene la música quitaremos una cera de la mesa.

El niño que se siente y encuentre una cera de colores hasta el final será el ganador. Al terminar el juego, todo el grupo se reúne para contemplar lo que han pintado entre todos. Mientras lo hacen se puede poner música suave de fondo, como por ejemplo el tema musical *Somewhere* de Bernstein.

Juegos de relajación en el jardín o en el patio

Muchas instituciones educativas han logrado crear con el tiempo un entorno exterior muy sugestivo. En las escuelas, padres, alumnos y maestros también proponen iniciativas para adecuar el patio de forma agradable. Algunos jardines de infancia disponen de todo tipo de accesorios para actividades de movimiento en toda regla como patinetes, juegos de tablas, túneles elaborados con ruedas de camión, material de juegos malabares, camas elásticas, carretillas y muchas otras cosas. Naturalmente, estos elementos proporcionan las condiciones óptimas para organizar juegos de relajación en el exterior.

Sonidos del exterior

Material: colchoneta o manta.
Edad: a partir de 5 años.

Cada niño coge una manta o una colchoneta para salir al jardín o al patio y decide si va a sentarse o a tumbarse. Para este juego es preferible mantener los ojos cerrados. Los niños tienen que escuchar los sonidos del exterior con gran atención y recordarlos.

Pasados tres o cuatro minutos deberán abrir los ojos y apretar las manos en un puño para regresar del estado de relajación. Luego estirarán todo el cuerpo y se levantarán. Finalmente explicarán qué sonidos han escuchado.

Variante: se pueden grabar sonidos del exterior en un casete y reproducirlos en el interior.

Sentir los árboles

Material: árboles.
Edad: a partir de 5 años.

Buscaremos algunos árboles en el exterior a los que los niños puedan acercarse sin correr peligro. Los niños se juntan por parejas. Uno de los dos niños cierra los ojos y su compañero le guía hasta un árbol. Con los ojos cerrados el primer niño tocará y palpará el árbol para tomar conciencia de él. Pasado un espacio de tiempo predeterminado se intercambiarán los papeles. Una vez lo hayan probado todos los niños, todos juntos comentarán la experiencia.

Cajas de naturaleza

Material: ocho cajas de zapatos iguales, tijeras, pegamento, fieltro.
Edad: a partir de 6 años.

En primer lugar los niños deben recoger materiales naturales diversos en el jardín o en el patio, por ejemplo, piedras, hierba, arena, ramas, piñas, hojas, trozos de corteza, musgo y cualquier otra cosa.

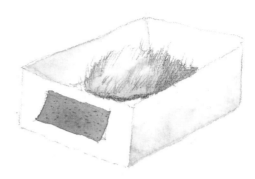

Recubrimos la base de cada una de las cajas con un elemento diferente de los que han recogido los niños en el exterior.

Con las tijeras recortamos un agujero en forma de ventanilla en uno de los lados de cada caja de zapatos para que los niños puedan introducir la mano a través de él.

A continuación cerramos las cajas de zapatos con las tapas. Ahora todas las cajas parecen iguales, sólo se diferencian por el contenido.

Cuando las cajas de naturaleza estén terminadas se puede llevar a cabo el siguiente ejercicio de relajación:

Uno por uno los niños introducen la mano en el orificio de cada caja y palpan el contenido. Si quieren pueden cerrar los ojos. Cuando todos los niños han terminado, el grupo comenta los diferentes materiales y sus características.

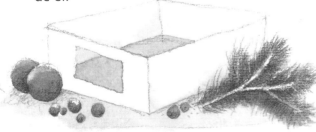

Encima del agujero pegamos un trozo de fieltro para cubrir la ventana como una cortina.

Dibujos con tiza

Material: suelo alquitranado o pavimentado, cojines, tizas de colores, música de relajación, casete.
Edad: a partir de 5 años.

Para este juego de dibujos con tiza necesitamos una superficie firme; el patio de la escuela o el suelo de cualquier camino de paso resultan especialmente adecuados. Cada niño coge varias tizas de diferentes colores, elige un sitio para dibujar y se sienta sobre un cojín. Es conveniente que los niños no se sienten ni muy juntos ni muy apartados entre sí. Se trata de que al dibujar expresen los estados de ánimo, sentimientos y fantasías que les sugiera la música de relajación.

Cuando los niños hayan terminado de dibujar, se contemplarán los dibujos y cada uno comentará el suyo.

En la ronda siguiente cada niño puede completar el dibujo de otro. Debéis procurar que los niños se dediquen realmente a ampliar los dibujos ya existentes. Finalmente se observa y se comenta el mural resultante.

Caja de arena para modelar

Material: una caja de madera o de plástico (aproximadamente de 130 cm de largo x 80 cm de ancho x 60 cm de alto) y una plancha de recubrimiento, un cubo de agua y una taza para cada niño, música suave.
Edad: a partir de 3 años.

El material necesario para fabricar la caja de arena puede obtenerse en cualquier establecimiento de materiales de construcción. Si sólo van a utilizarla dos o tres niños se puede hacer más pequeña. Si no confeccionáis la caja de arena vosotros mismos, también podéis conseguir una mesa de juego con arena o agua en establecimientos especializados. En cualquier caso, tanto la caja como la mesa deben cubrirse con una plancha para que el agua no se ensucie o la arena no se seque.

El agua y la arena son dos materiales de juego fantásticos para los niños; por eso se utilizan también con fines terapéuticos. La caja de arena para modelar permite a los niños llevar a cabo experimentos táctiles con agua en el interior cuando las condiciones climáticas son adversas. Además, las cajas de arena para modelar resultan toda una experiencia para los niños que sufren alguna disminución, ya que difícilmente pueden ir a la playa y jugar con la arena.

En la caja tiene que haber arena abundante. Cada niño debe disponer de espacio suficiente para modelar, construir y hacer figuras, y de un cubo lleno de agua.

Los niños pueden utilizar una taza para sacar agua del cubo y humedecer la arena a voluntad. Ocasionalmente, también podéis acompañar la actividad con música de relajación.

Quizá tres o cuatro niños se dediquen juntos a una misma actividad. En ese caso, si ellos quieren se puede comentar su obra al final.

Paseo para la relajación

Edad: a partir de 5 años.

Cuando salgáis con los niños al jardín o al patio para dar un paseo tranquilo, tomar conciencia de todo e identificar cosas nuevas y cosas conocidas, es condición indispensable que los niños caminen despacio, que miren a su alrededor y, en la medida de lo posible, que guarden silencio. Deben escuchar, observar y sentir intensamente. Transcurrido un espacio de tiempo preestablecido, el grupo se reúne en el lugar acordado y los niños explican sus experiencias.

Recoger materiales naturales

Material: un recipiente para cada niño.
Edad: a partir de 6 años.

Cada niño lleva un recipiente para recoger piedras, arena, ramas, hojas, cortezas y otras cosas. Mientras están buscando los materiales no pueden hablar. A continuación, todos juntos contemplan lo que han recogido. Finalmente deben crear en una zona del patio un paisaje lúdico con los objetos recolectados tal y como les dicte su imaginación.

Pista de experimentación

Material: diferentes materiales naturales, una pala, un toldo de plástico grande.
Edad: a partir de 4 años.

Para la construcción de una pista de experimentación en el jardín necesitaremos diferentes materiales naturales como arena, hierba, musgo, tierra, hojas y piedras. Con una pala delimitaremos una zona de experimentación de aproximadamente 50 x 35 x 6 cm para cada material. Los niños pasan descalzos por encima de las distintas superficies con los ojos cerrados. Durante el ejercicio deben permanecer en silencio. Cuando todos los niños han terminado de recorrer la pista, deben explicar sus sensaciones y experiencias y enumerar las características de los diferentes materiales.

Se puede emplear una cubierta fija con un toldo de plástico para proteger la pista de experimentación del mal tiempo.

Apéndice

Música

Probablemente todos tenéis vuestras preferencias en cuanto a la música que queréis utilizar en vuestros ejercicios y juegos de relajación. De todos modos, siempre podéis asesoraros en alguna tienda, pues existe una inmensa variedad de compactos específicos con música de meditación y relajación entre los que podéis elegir.

La autora

Andrea Erkert es educadora y dirige un jardín de infancia intercultural con cinco clases. También se dedica a la formación de padres y pedagogos tanto en su país como en el exterior.

En 1993 publicó el libro *Kreative Entspannung im Kindergarten*, escrito en colaboración con Sabine Friedrich y Volker Friebel.

La ilustradora

Yvonne Hoppe-Engbring, diseñadora gráfica y madre de gemelos, se dedica desde hace nueve años a la ilustración como profesional independiente.

Ha ilustrado libros publicados por diversas editoriales, entre otras: Mann, Patmos y Ökotopia.

Índice alfabético de todos los juegos y ejercicios

CRECER

JUGANDO

Un concepto diferente de libros profusamente ilustrados que plantean
una nueva propuesta para los padres y educadores de hoy, con juegos
que ayudan a los niños a aumentar la creatividad, estimular
la comunicación, relajarse y ser independientes y seguros de sí mismos.

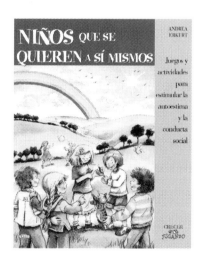

Títulos publicados:

1. Islas de relajación – Andrea Erkert
2. Niños que se quieren a sí mismos – Andrea Erkert